Алиса Къужур
Дунияны Къыдырады

Алиса Къужур Дунияны Къыдырады

Alice's Adventures in Wonderland
in Karachay-Balkar

Льюис Кэрролл

Суратла:

Джон Тенниел

Къарачай-Малкъар тилге

Магомет Гекки

кёчюргенди

evertype

2019

Китап басма/*Published by* Evertype, 19A Corso Street, Dundee, DD2 1DR, Scotland. *www.evertype.com.*

Алиса Къужур Дунияны Къыдырады *(Alisa Qujur Duniyanı Qıdıradı).*Чыгъарманы оригиналда аты/*Original title: Alice's Adventures in Wonderland.* Автор/*Author: Льюис Кэрролл*/Lewis Carroll. Биринчи басмаланнганы: Лондон, Макмиллан & Компания/*First edition London:* Macmillan & Company, 1865.

Кёчюрген/*This translation* © 2019 ж. Магомет Гекки/*Magomet Gekki.*
Басмалагъан/*This edition* © 2018 ж. *Майкло Эверсоно*/Michael Everson.

Корректор/*Corrector* Жаухар Хаджиланы/*Jauhar Hadjilanı.*
Редактор-кенгешчи/*Advisory Editor* Виктор Фет/*Victor Fet.*

Магомет Гекки автор эркинликни промышленный юлгюлерини юсюнден 1988 жылда чыкъгъан законнга тыйыншлылыкъде чыгъарманы кёчюрген автору ол болгъанын чертеди.
Magomet Gekki has asserted his right under the Copyright, Designs and Patents Act, 1988, to be identified as the translator of this work.

Биринчи басмаланнганы/*First edition* 2019 ж.

Бу китапны каталог жазмасы Британияны китап ханасындады.
A catalogue record for this book is available from the British Library.

ISBN-10 1-78201-241-9
ISBN-13 978-1-78201-241-2

Гарнитура De Vinne Text, Mona Lisa, ENGRAVERS' ROMAN, бла *Liberty.* Майкл Эверсон жыйгъанды.
Typeset in De Vinne Text, Mona Lisa, ENGRAVERS' ROMAN, and *Liberty* by Michael Everson.

Суратлары/*Illustrations:* John Tenniel/*Джон Тенниел,* 1865.

Тышлыгъы/*Cover: Майкло Эверсоно*/Michael Everson.

Ал сёз

Льюис Кэрролл—айтхылыкъ ингилиз жазыучуну, Оксфордну университетини Крайст Чёрч колледжинде математикадан устазыны, Чарлз Латвидж Додсонну[1] (1832–1898), жашырын атыды. Генри Лидделлни, колледжни ректоруну юйюрюню къаршы шуёху эди, 1852 жылда туугъан Алисагъа бла аны абадан эгечлерине, – Лориннге бла Эдитге, – жомакъла айтыучу эди. Бир жол – 04.07.1862 жылда – Кэрролл, аны шуёху – жюйюсхан Робинсон Дакуорт, юч къызчыкъ, – къайыкъ бла айлана кетип, – сууну жагъасында «суху тойчукъ» къурайдыла.

Ол кезиуде Кэрролл бир къызчыкъны, Алисаны, къоянны тешигине ташайгъанын, уча барып, бир Къужур Дуниягъа тюшгенин, анда сейирлик-тамаша хапарларын айтады.

Алиса Кэрроллдан бу жомакъны жазып беририн тилейди, кёп сакъламай Алиса жомакъ къоллу болады. Артдаракъда жомакъгъа къошулгъан да этиледи, сюрмеленеди, 1865 жылда уа энчи китап болуп чыгъады. Андан бери Алисаны жомагъы жер жюзюнде халкъланы тиллерине кёчюрюлгенлей барады. Кезиу къарачай-малкъар тилге жетгенине аллыгъызда китап шагъатлыкъ этеди.

---

1 Льюис Кэрроллну керти тукъуму «Доджсонду». Ингилиз тилде «g» харф жазылады, эшитилген а этмейди, аны себепли, орус тилде «Додсон» дейдиле. Кэрролл кеси да тукъумуна алай айтыучу эди .—М.Э.

Къарачай-малкъар халкъ Россейни эки регионунда жашайды – Къарачай-Черкесде бла Къабарты-Малкъарда. Барысы да биргелей 350 000 чакълы бир адам боладыла.

Къарачай-малкъар адабиятны тамырлары бек терендиле: буруннгу тюрк халкъланы, – ата-бабаларыбызны, – жазылып къалгъан эсгермелеринден тышында да халкъыбызны акъылманлыгъы аууздан ауузгъа айтыла, сюрмелене-сыйдамлана, тёлюден тёлюге кёче келгени кёлюбюзню кётюреди. Таулуланы къалыубаладан бери айтылгъан айтхылыкъ «Нартлары» битеу да дунияны байлыгъына саналадыла. ЮНЕСКО 2000 жылны «Нартланы» жылына жоралагъанды.

Таулуланы жазгъан адабиятларын от башына чыгъаргъан закийлени атларын сагъыныргъа борчлубуз: Семенланы Къалтур (~1750–1850), Байрамукъланы Кючюк (1772–1862), Шауаланы-Абайханланы Дауд (1800–1892), Гычы-Алчагъырланы Байкъул (1830–1930), Къочхарланы Къасбот (1834–1940), Абайланы Султанбек (1845–1888), Чабдарланы Сюлемен (1851–1927), Мёчюланы Кязим (1859–1945), Джаныбекланы Аппа (1864–1934), Крымшамхалланы Ислам (1864–1911), Шаханланы Басият (1879–1919), Будайланы Хусей (1880–1974), Шахмурзаланы Саид 1886–1975), Семенланы Исмаил (1891–1981). Бу сыйлы адамланы кёкде жулдузлары таулуланы башларын ёрге кётюртенлей турурла. Алгъаракълада арапда, персде айтылгъан таурухла, поэмала кёчюрюле эселе, XX-чы ёмюрден бери таулу жазыучула, – кеслери жазгъандан тышында, – битеу да дунияны классикасындан кёчюредиле.

Сёз ючюн: Алиса да къарачай-малкъар тилни къонагъыды.

Редактор-консультант Виктор Фет бла келишип, тилибизге шатык кёчюрюлмезлик сёзлени тюрлендире, тилибизге «юйюрсюндюребиз». Тыйгъыч белгилери Алисаны заманындача салыннгандыла.

Вильгельм Завоеватель и его «команда» дегенни орунуна бизни халкъыбызгъа ёшюн ургъанла – Чингиз-Хан, Акъсакъ Темир, Акъ Патчах – сагъыныладыла.

Хасаукада баргъан кюйсюз къазауатха этилген жыр бюгюнлюкде да айтылады: интернетде табарыкъсыз.

Бизни киштигибизни чычханнга дауу ингилиз киштикни чурумундан кёп да онглуду: ингилиз киштик къарын къайгъылыды, бизни киштик а чычханны къуйругъундан асмакъгъа асаргъа жаныйды – къапчыкъны башы ачылып тургъанлай, тюбюнден тешгени ючюн. Биз халал халкъбыз, – къуртха-къумурсхагъа да ауруйду жаныбыз: картоф бахчада къамыжакълагъа дарман себебиз, кишиугъа чычханчыкъла ючюн айып этебиз. Жёрме бла гамайтып турсакъ, кишиу чычханлагъа къатылмазгъа айтады! Беш Тау Эл да, Къарачай да мени тилманч этип, керти-оюнсуз ушакъ этдик:

«Кишиу, кишиу.»
«Мяу, мяу.»
«Ач болдунгму?»
«Хау, хау.»
«Чычханланы
Къоймайса,
Этлеринден
Тоймайса.
Неди, неди
Бу ишинг –
Чычханланы
Бедиши?»

«Мен Арсланмы
Болгъанма?
Мен Къапланмы
Болгъанма?
Марал-доммай
Тутарча,
Жырта-жырта
Жутарча?
Джёрме берсенг –
Тоярма,
Чычханланы
Къоярма.»

Вильям Атта жашырын дарманны тасхасын айтады: кийик саулугъун сакълагъан дарман ургъуй ётден этиледи.

Обур Киштик, Арслан-Къуш, Танабаш Таш Макъа, Узункёз бу жомакъда энчи айтыладыла.

«Окъуууугъуз къалай бара эди?», – деп сорду бизни Алиса. «Эшек окъугъанда, биз да окъуй эдик», – деди Танабаш Таш Макъа.

Жууурт къуюну теренинде жюзген николай къызла: Элси, Лэси, Тилли – энди: *Акъыл, Асыл, Адеп* болгъандыла.

Бу китапны чыгъарыргъа онг кёз бла къарагъанла: Майкл Эверсон, Джон Линдсет, Зухра Мокаева, Люба Ахматова, Гузаль Ситдыкова, Кулер Тепуков ариу муратларына жетсинле; Виктор Фетте, – редактор-консуль-тантха, – энчи ыспас.

Магомет Гекки

Камук, Тырныауз, Къабарты-Малкъар,

Башил ай 2019

Предисловие

Льюис Кэрролл—псевдоним Чарлза Латвиджа Додсона[2] (1832–1898), знаменитого английского писателя и преподавателя математики колледжа Крайст Чёрч в Оксфордском университете. Он был близким другом семьи ректора колледжа, Генри Лидделла, и рассказывал сказки юной Алисе (которая родилась в 1852) и ее старшим сестрам Лорине и Эдит. Однажды—4 июля 1862 года—Кэрролл, его друг, преподобный Робинсон Дакуорт, и трое девочек отправились на лодочную прогулку и устроили пикник на берегу реки. Во время этой прогулки Кэрролл и рассказал историю о девочке по имени Алиса, которая упала в кроличью норку и ее необычайных приключениях в волшебной стране. Алиса попросила Кэрролла записать для неё эту сказку, и через некоторое время рукопись была готова. Позже к ней были сделаны добавления и исправления, и в 1865 г. была опубликована книга. С тех пор всевозможные версии «*Приключений Алисы в Стране чудес*» появились на различных языках по всему миру.

---

2 Настоящая фамилия Льюиса Кэрролла традиционно, но неверно передаётся по-русски как «Доджсон». В английском оригинале буква «g» не произносится, поэтому мы используем написание «Додсон». Именно так сам Кэрролл произносил свою фамилию.—М.Э.

Перед вами – первый перевод на карачаево-балкарский язык.

Карачаево-балкарский народ проживает на Северном Кавказе, в двух регионах России – Карачаево-Черкесии и Кабардино-Балкарии. Общая численность около 350 000 человек. Говорят они на одном из тюркских языков.

Карачаево-балкарская литература имеет глубокие корни: кроме письменных памятников древней тюркской и религиозной литературы, из уст в уста веками передавался народный фольклор, который не записывался, а шлифовался каждым новым поколением. Древним и величественным памятником духовной культуры балкарцев и карачайцев является эпос «Нарты», включающий в себя песни, поэмы и легенды о богатырях-нартах. Годом эпоса«Нарты»был объявлен ЮНЕСКО 2000 год.

Письменную карачаево-балкарскую литературу подняли на новый уровень Калтур Семенов (~1750–1850), Кючюк Байрамуков (1772–1862), Дауд Шаваев-Абайханов (1800–1892), Гычы, БайкулАлчагыров (1830–1930), Касбот Кочкаров (1834–1940), Сюлемен Чабдаров (1851–1927), Кязим Мечиев (1859–1945), Аппа Джаныбеков (1864–1934), Ислам Крымшамхалов (1864–1911), Басият Шаханов (1879–1919), Хусейн Будаев (1880–1974),Саид Шахмурзаев 1886–1975), Исмаил Семёнов (1891–1981). Они остаются путеводными звёздами балкарских и карачаевских литераторов, да и не только литераторов, на все времена.

Если ранее на карачаево-балкарский язык переводились произведения восточных авторов, в основном с арабского и персидского, то с XX века стали переводиться произведения русских авторов и многоязычная мировая литература.

За основу для нашей работы принят классический русский перевод Н. М. Демуровой. По советам редактора-консультанта Виктора Фета, внесены корректировки на основе других переводов, и текст был слегка «одомашнен». Вот некоторые элементы «одомашнивания».

Книга начинается с небылицы карачаево-балкарского фольклора.

Вильгельм Завоеватель и его «команда» заменены алчущими Кавказа Чингиз-Ханом, Тамерланом и Белым Царём. Кстати, и ныне поётся героическая песня «Хасаука», о последнем сражении горцев.

У нашей кошки к мышке обвинение гораздо серёзнее, нежели в оригинале: мышка прогрызла дно капчыка (кожаный мешок для зерна или муки), когда верх его был раскрыт и распахнут, и кошка грозится повесить мышку за хвост.

Открывает секрет своего препарата Папа Вильям: это мазь из жёлчи комара.

Чеширский Кот назван *Обур Киштик* (Кот-Оборотень), Грифон – *Арслан-Къуш* (Лев-Птица), а Черепаха Квази – *Танабаш Таш Макъа* (Черепаха с Телячьей Головой).

«Как долго длились ваши уроки?», спрашивает наша Алиса. «А как осел заорёт, так заканчивалась учёба», отвечает Танабаш Таш Макъа. (Крик осла на карачаево-балкарском называется «окъугъан» – то же самое, что читать, учиться…)

Имена девочек Элси, Лэси и Тилли нами заменены на *Акъыл, Асыл, Адеп* и переводятся примерно как Ум, Честь и Совесть; а живут они в *джууурте* (йогурт).

Спасибо издателю Майклу Эверсону (издательство Evertype), координатору проекта Alice150 Джону Линдсету, поэтам – Зухре Мокаевой, Любе Ахматовой, Гузали Ситдыковой, Кулеру Тепукову; особая благодарность редактору-консультанту Виктору Фету.

Магомет Гекки

Камук, Тырныауз, Кабардино-Балкария

январь 2019

Foreword

Lewis Carroll is the pen-name of Charles Lutwidge Dodgson[3] (1832–1898), a writer of nonsense literature and a mathematician in Christ Church at the University of Oxford in England. He was a close friend of the Liddell family: Henry Liddell had many children and he was the Dean of the College. Carroll used to tell stories to the young Alice (born in 1852) and her two elder sisters, Lorina and Edith. One day—on 4 July 1862—Carroll went with his friend, the Reverend Robinson Duckworth, and the three girls on a boat paddling trip for an afternoon picnic on the banks of a river. On this trip on the river, Carroll told a story about a girl named Alice and her amazing adventures down a rabbit hole. Alice asked him to write the story for her, and in time, the draft manuscript was completed. After rewriting the story, the book was published in 1865, and since that time, various versions of *Alice's Adventures in Wonderland* were released in many various languages. You are holding the first translation into Karachay-Balkar, one of the Turkic languages.

---

3 Lewis Carroll's real surname in Russian sources is traditionally but incorrectly transliterated as Доджсон (Dodzhson). In English, the "g" is silent, therefore in the Evertype editions we use the transliteration Додсон (Dodson); this is how Dodgson himself pronounced it.—*M. E.*

The Karachay-Balkar people live in the North Caucasus, in two regions of the Russian Federation: Karachay-Cherkessia and Kabardino-Balkaria. They number about 350,000.

The Karachay-Balkar literature has deep roots: in addition to the ancient Turkic and religious literature, there is a rich oral folklore that was passed on through generations. The most ancient and heroic epos of the Balkar and Karachay people are the Nart sagas, which include songs, poems and legends about the heroic warriors called *narts*. The year 2000 was dedicated by the UNESCO to the Nart epos.

Written Karachay-Balkar literature was elevated to a new level by the following writers: Kaltur Semenov (~1750–1850), Kiukiuk Bayramukov (1772–1862), Daud Šavaev-Abaihanov (1800–1892), Gıçı Baikul Alçagırov (1830–1930), Kasbot Kalkarov (1834–1940), Sultanbek Abaev (1845–1888), Siulemen Çabdarov (1851–1927), Kiazim Meçiev (1859–1945), Appa Janıbekov (1864–1934), Islam Krımšamhalov (1864–1911), Basiiat Šahanov (1879–1919), Husein Budaev (1880–1974), Said Šahmurzaev (1886–1975), and Ismail Semenov (1891–1981). Those names forever remain the leading stars for Karachay-Balkar writers, and our people in general.

Until the nineteenth century only the works of the Oriental authors, mostly Arabic and Persian, were translated into Bashkir; in the twentieth century, the works of Russian authors were translated and translations of the world literature from many languages were published.

This translation was based on the classical Russian translation by Nina Mikhailovna Demurova. Through consultations with Victor Fet, the advisory editor for Evertype, further adjustments were made based on the original text and other translations.

Some parts of the text were "domesticated", and here are a few examples.

The text is preceded by a nonsense poem reflecting Karachay-Balkar folklore.

An old tradition in translating *Wonderland* is to replace Mouse's "dry lecture" about William the Conqueror (Chapter III) by a local version. Here, the Normans are replaced by other conquerors all of whom desired to enslave the Caucasus: Genghis Khan, Tamerlane, and the White Tsar. We quote the heroic song *Hasauka* about the last battle of the mountain tribes, which that is still sung today.

In the Mouse's Tale, our cat has a serious claim: the mouse made a hole in a *капчык* (*карçık,* a leather bag for grain or flour), and the cat threatens to hang the mouse by the tail.

Our Father William's secret rubbing ointment is made of mosquito's bile.

The Cheshire-Cat was named *Обур Киштик* (*Obur Qiştiq* 'Changeling Cat'), Gryphon was rendered as *Арслан-Къуш* (*Arslan-Quş* 'Lion-Bird'), and Mock Turtle became *Танабаш Таш Макъа* (*Tanabaş Taş Maqa* 'Calf-head Turtle').

"How long did your lessons last?" asks our Alice. "Until the donkey cries, then the study was over," replies Tanabaş Taş Maqa. (In Karachay-Balkar, the word for donkey's cry is *oquğan*, which also means 'to read', 'to study.')

Three 'treacle-well girls' in our translation live in *juurt* (yoghurt), and their names are *Акъыл, Асыл, Адеп* (*Aqıl, Asıl, Adep*, which translate approximately as 'Wisdom, Honor, Conscience').

I am grateful to the publisher Michael Everson, as well as the *Alice150* project leader Jon Lindseth, and to all other translators and poets: Zuhra Mokaeva, Liuba Ahmatova, Küler Tepukov, Güzäl Sitdykova; and especially to Victor Fet as an Advisory Editor.

Magomet Gekki
Kamuk, Tyrnyauz, Kabardino-Balkaria
January 2019

Эртте-Эртте

(буруннгу жомакъ)

Эртте биреу бар эди,
Темир тиреу бар эди,
Таш тегене бар эди,
Агъач элек бар эди.
Къумурсханы къой этип,
Къумгъа жайгъан бар эди.
Сенгирчгени ат этип,
Сыртха чыкъгъан бар эди.
Къарт аммасын къыз этип,
Эрге берген бар эди.
Къарт аппасын жаш этип,
Къатын алгъан бар эди.
Къара сууну къайнатып,
Къаймакъ алгъан бар эди.
Саурусханны жаз саууп,
Сютюн ичген бар эди.
Ёлген атны сау этип,
Чариш чапхан бар эди.

***

Барды энтта бир жомакъ,
Бир сейирлик, бир омакъ!
Ары чабып барайыкъ –
Алисагъа къарайыкъ.

Магомет Гекки

Алиса Къужур

Дунияны Къыдырады

Башлары

Жай чилледе, исси кюнде –
    Дуния жарыкъ-чууакъ;
Айсис сууда бир къайыкъда
    Эки къалакъ,
Сабий къолгъа бойсунмайын,
    Этедиле къылыкъ.

Озгъур къызла – иймансызла!
    Сан этмейин исси кюнню,
Теке къалкъыу этдирмейин,
    Даулайдыла оюн-кюлкю:
Бир тамаша-сейир хапар –
    Аямайын ётюрюкню!

Юч къыз да, бир тилли болуп,
    Бирем-бирем этеди дау:
Ётюрюкню аямай айт –
    Санга берирбиз минг махтау!
Къутулалыр амалым жокъ,
    Табалмайма чырт бир сылтау.

Бир кесекге шошайдыла…
    Татлы тюшде уюгъанлай:
Къуйдум-къуйдум ётюрюкню, –
    Тюз кеслери буюргъанлай, –
Сейир этер кибик ала
    Тюшлеринден уяннганлай.

Кючден-бутдан бюркеди сакъ
    Ётюрюкню шауданчыгъы.
«Муну башха кюннге къойсакъ,
    Айтыр эдим къалгъанчыгъын.»
«Угъай, мычымай айт жомакъ!», –
    Даулайдыла къаугъачыла.

Урчукъ тола, юзмелт къорай,
    Ахырына жетди жомакъ.
Кюзгю кибик суугъа къарай, –
    Чатыр кёкде эки чыракъ. –
Батхынчы кюн, тийгенди ай,
    Тёгерекни жасай омакъ.

Алисаны, жашай келсе,
    Къартлыкъ жокълар.
Айбат-ариу жашауунда
    Элгенмесин жукъдан.
Айсис сууну тюшлеринде
    Тансыкълай жукълар.

Бёлюм I

Къоянны тешигине ташая

Алиса суу боюнунда эгечи бла ишсиз-кючсюз олтургъандан эригеди; эгечи окъуй тургъан китапха бир-эки кере кёз жетдиреди, алай, анда не суратчыкъла, не да сёлешгенле жокъ эдиле. «Китапчыкъдан не магъана? Анда не сурат, не да сёлешгенле жокъ эселе,» деп тергейди Алиса.

Терен сагъышха кетип олтурады: ёрге къобуп, гокка хансла жыртып, аланы тёгерек-тогъай эшер акъыл этеди; сабыр саркъгъан сагъышларында байламлыкъ-тутхучлукъ эсленмейди; кюнню иссилиги жукъугъа тартдырады. Айхай да, гюллени тёгерек эшген хычыуун мурккуду, алай, аны ючюн ёрге къобаргъа керекмиди? Къызыл кёзлю Акъ Къоян жаны бла чабып озду.

Аны чырт бир *сейирлиги* жокъ эди. Ашыгъып баргъан Къоян: «Кеч къалама! Кеч къалама!!» Алисаны ол да алай бек *сейирсиндирмеди*. Къоян, тохтап, *къаптал хуржунундан чыгъаргъан сагъатына* къарап, андан ары мукъут болуп кетгенинде, Алиса секирип къопду. Ол бир заманда да кёрмегенди сагъат жюрютген къоянны, анга къошакъгъа да – хуржунлу къаптал! Сейирсиннгенден кеси кесин тыялмай Къоянны ызындан чабады, чаба барады да, къоян хуна тюбюнде бир тешикге ташайгъанын эслейди.

Андан къалай чыгъарыгъын тергемей, Алиса да къоянны тешигине ташаяды.

Тешик, тюзюнлей бара-барып, баш энишге айланады. Алиса кёз къакъгъынчы ары ташаяды, бир терен къуюгъа кеттенча, учуп барады.

Ол къую не да бир бек терен эди, не да Алиса акъыртын тюше эди; эсин да жыйып, мындан ары не боллугъуну сагъышын этерге заманы барды. Къуюну тюбюне къарап, къалайгъа къалай тюшеригин ойлады, алай, анда асыры къарангыдан, бир жукъ да эслеялмады. Тюбюнде жукъ кёрмегенде, тёгерегине къарайды. Къуюну къабыргъалары китап тапкаладыла; бир-бир жерледе чюйлеге суратла бла картала тагъылыпдыла. Тапкаладан бирини жаны бла учуп бара, варения[1] банканы сермейди. Аны тышында «АПЕЛЬ-СИН»[2] деп жазылгъанлыкъгъа, не медет (!) ичинде жукъ жокъ эди. Алиса аны атып къояргъа базмады – тюбюнде биреуню башын жармаз ючюн! Учуп бара тургъанлай, къайсы эсе да бир шкафны ичине салалды.

«Ма жыгъылгъан былай жыгъылады!», – деп ойлады Алиса, – "Энди манга бачхычдан жыгъылгъан, босагъадан секиргенден башха кёрюнюрюк тюйюлдю. Юйдегиле уа, "Бу не жигит къызды," – дерикдиле. Тап, чардакъдан кетсем да, сан этмем." Алай окъуна боллукъ болур эди.

Алиса уа тохтаусуз тюшгенлей-учханлай барады. Арабий муну *ахыры-чеги жокъмуду?* «Ненча къычырымдан озгъан болурма?», – деди Алиса кеси кесине, «жер жюзюню ортасына жете болурма. Эсиме бир тюшюрейим... Миль[3] узакълыкъ бла ёнчелегенде... Энишге баргъанлай турса... тёрт минг миль чакълы болургъа керекди...»Нени да билгенни хатасы жокъду. Эслеймисе, Алиса дерследе терсине серленип турмагъанды. Билимине махтанырча тап кезиу болмагъанлыкъгъа, – аны айтханын эшитген жан-жаныуар жокъду, – ауузун а тыялмайды. «Хау, тюз алайды; алай эсе, мен къайсы Узунлукъ бла Кенгликде бара болурма?» дейди Алиса. Кертисин айтханда, Узунлукъ бла Кенгликде не болгъанындан Алисаны хапары бек азды. Ол сёзлени магъанасын кеси билмегенликге, эки къулагъына хычыуун чалынадыла! Бир кесек тынгылап, жангылтындан башлайды.

---

1 *Варение* – биширме.
2 *Апельсин* – чын алма. (Чын – Китай.)
3 *Миль* – онг аякъ бла минг атлам.

«Жерни *ичи бла* учуп кетип, эртте эфенди айтханлай, *ары жанына* уа чыгъармамы? Кюлкю анда боллукъду! Чыгъып келсем – анда уа адамла баш тёбен айланып! Кеслерине да къалай айтадыла?.. Антипатия... огъесе?..» кеси да шатык ангыламагъан сёзню *адам* эшитмегенине кёлюню теренинден ыразыды, «Манга аладан жер сорургъа тюшерикди, анда къыралны атын билирге керекди. „Кечгинлик, жюйюсханла, къайдама мен? Австралия? Жангы Зеландия?“» (*Реверанс* этип да кёрдю – мадаралмады. Учуп бара тургъанлай эталлыкъ эсенг кесинг бир кёрчю. Хатлама этерсе!) «Ала уа мени бир адепсиз къыз сунарла! Угъай, бир кишиден бир жукъ сорлукъ тюйюлме! Бир жерде бир жазылгъан зат кёрюрме!»

Кеси уа ол жыгъылгъаны бла энишгеден энишге учханлай барады. Башха амал жокъду. Бир кесек тынгылап туруп, Алиса энтда да сёлешип башлайды. «Дина мени излегенлей турлукъду. Ол менсиз тынчаймайды!» (Дина – киштигини аты.) «Баям, анга тюш заманда сют бере турургъа унутмазла... Ах, Дина-Дина, жаным-кёзюм, сен биргеме болсанг эди... Алай, не хадагъа, мында чычханчыкъла жокъдула. Огъесе... болурламы? Чычханчыкъны тутуп, жиберип, дагъы да тутуп ойнаяллыкъ тюйюлсе. Сени ойнагъанынг ол чычханчыкъны къууандыра болурму? «Киштикге оюн, чычханнга ёлюм,» деп бош айта болмазла... Алай айта-айта келип, жукъусурап: «Чычханнга оюн, киштикге ёлюм,» деп да айтады. Жукъу хорлай башлагъанын эслейди. Эснейди. Къалкъып башлайды. Тюшюнде Динаны кокасындан, эсе да, какасындан тутуп барады.

Ай алайлайын бир гюрюлдеген, чыкъырдагъан тауш. Алиса чымырталаны бла къургъакъ чапыракъланы тёбесине жыгъылып тюшеди. Чыртдан да ачымайды. Терк окъуна секирип аягъы юсюне къобады. Ёрге къарайды – къарангы тешик. Аллында – коридор, аны ары къыйырында уа Акъ Къоян чартлап озду. Алиса аны ызындан къууп кетеди. Къоян айланч мюйюшню артына ташая айтханын эшитеди: «Кёргенинге къууанма, ёрекъулакъ къоянма, ажашдырып къоярма.»

Алиса ол мюйюшге жетип, ары къараса — Къоян а жокъ. Арлакъ атлагъанлай — бир узун, алаша залгъа киреди. Зал жарыкъды — чырдыдан энишге салыннган хауа чыракъла жарытадыла.

Залда эшикле бек кёпдюле, алай ала барысы да бегитилипдиле. Алиса аланы ачып кёреди. Ачалмайды. Ары да тюртеди, бери да тартады — ачылмайдыла. Ары-бери атлай, терен сагъышха кирип, мындан къалай къутулурун мудахсынып ойлайды.

Эндиге дери сансыз тургъан мияла тепсиге эс бурады. Ол ючаякъ тепсини юсюнде алтын ачхышчыкъдан башха зат жокъду. Ол ачхыч бла киритлени ачып кёреди, — киритлени

11

тешиклери асыры уллула эселе да, алтын ачхышчыкъ асыры гитчечик эсе да, – бирине да жарамайды. Залны тёгерегинде экинчи кере айланып чыгъады да, эндиге дери эслемей тургъан жабыуну кёреди, ол жабыуну артында уа бир гитче эшикчик. Баям, ол эшикчикни бийиклиги он беш дюйм⁴ болур. Алиса ачхычны ол эшикчикни кирит тешигине салады, – Алисаны къууанчына, – эшикчик ачылады!

Эшикчикни ачханынлай тешикчикни кёреди, гылыу чычханны тешигинден кенг болмаз эди. Алиса тобукъланып къарайды, аны теренинде бир ариу ёсген тереклени кёреди. Бу зиндан болуп тургъан залдан ары къутулуп ол тереклени ауаналарында, ол гюллени араларында, бюркген суучукъланы тёгереклеринде жюрюрге алай сукъланды, алай сукъланды! Сукъланнгандан не хайыр? Ол тешикге башы окъуна сыйынырыкъ тюйюлдю. «Башым *сыйынса да*, имбашларым ётерик тюйюлдюле,» дейди Алиса кеси кесине, «имбашлары болмагъан башдан а не магъана! Ол кимге керекди? Ах кюнюм, мен, желкен кибик, жыйыла-жыйырыла билсем эди! Неден башларгъа билмейме ансы, мен да желкен кибик болаллыкъ эдим.» Бюгюн асыры кёп сейир затла болгъандан, Алиса эталмазлыкъ зат хазна болмаз.

Гитче эшикчикни аллында чёгелеп тургъандан хайыр болмай, Алиса биягъы ючаякъ столгъа къайытады. Алайда бир гитче шешачыкъны кёреди. «Былайда бир жукъ да жокъ эди, бу мияла шешачыкъ бери къайдан чыкъды?!» деп сейирсинди Алиса. Шешачыкъны боюнуна бир къагъытчыкъ байланыпды, ол къагъытчыкъда уа омакъ харфла бла жазылыпды: «МЕНИ ИЧ»

Алиса – эсли къызчыкъ: «*Ёлюр от* эсе уа? „тапдым эсе – къапдым“», – деп къоймай, шешачыкъны тёгерегине тюрслеп къарайды. Былайда айта барыргъа керекди, ол къызчыкъ тюрлю-тюрлю байтамал китапланы кёп окъугъанды. Бир-бир китапла да сабийле, жанлары саулай, кюйюп-

---

⁴ *Дюйм* – 2,54 см.

бишип-урходук болуп кетедиле; бирси китаплада сабийчиклени жыртхыч жаныуарла талап-ашап-жутуп къоядыла. Аллай тапсыз затла нек бола эдиле? Тенглери-шуёхлары юйретген ариу адепни *сансыз-ысспассыз этгенлери ючюн*. Сёз ючюн: от ышыргъан шиш къып-къызыл къызгъынчы тутуп турсанг – къолунг кюймей амалы жокъду; бичакъ бла бармагъынгы *теренирек* тартсанг – къанамай къалыргъа амалы жокъду; «ёлюр от» деп жазылып тургъан шешачыкъдагъын уртлап къойсанг – дынгырдап къалыргъа да болурса. Ол тёреле Алисаны эсиндедиле, сакъды.

Бу шешачыкъ да бир тюрлю бир гурушха этерча белги *жокъду*. Жан къоркъуугъа ушамайды. Алиса бир кесекчигин уртларгъа базынады. Ол уртлам алай татыулу эди,

алай татлы эди, шербет суудан да татлы! Алиса тёзалмады
– барысында ичди, тамычы къоймай тауусду.

«Бир сейирликле тюрленеме,» – деп къычырлыгъы келди
Алисаны, – «кёзюлдюреуюк жыйыла тургъанча – жыйы-
рыла турама!»

Жангылмагъанды – бусагъатда аны ёсюмю он дюйм эди.
Эшикчикден тамаша баугъа тынч ётеригине къууанды.
Сабырлыкъ алды, къоркъгъаны уа андан ары тюрленип иш
къалырма деп. «Мен гитчеден гитче болуп барсам,» сагъыш
этеди, «жокъ болуп къаллыкъма. Картоф чыракъча эрип!
Ол заманда къаллай боллукъма?» Картоф чыракъны
жилтинин ёчюлгенден сора кёзюне кёргюзтюрге кюрешди;
болдуралмады; аны эсинде аллай зат жокъду.

Бир кесекчикни мычыгъандан сора, гитчелигинден гитче
болмагъанын сезеди; кюн жарыкъгъа, чакъгъан тереклеге
чыгъаргъа   таукелленеди.   Жазыкъчыкъ!   Эшикчикни
жанына жанлагъанлай, алтын ачхышчыкъ стол юсюнде
къалгъаны эсине тюшеди, энди ол анга жеталмаз – узалып
да алалмаз. Стол юсюнде тургъанын тюбюнден къарап
шатык кёреди. Мияла столну мияла аягъына тагъылып
ёрлерге кюрешеди, – болдуралмайды, – мияла аякъ асыры
сыйдамды. Алиса учхалап, сыптырылып энишге тюшеди.
Алиса-жазыкъчыкъ арып-талып амалсыздан юй тюпге
олтуруп жиляйды.

«Болду-болду, тын энди!» кеси кесине хыны буюрады,
«Адам жилямукъ бла ишин тындырып эшитмегенме. Буса-
гъатдан сырыйнаны тохтат!» Кеси кесине ариу акъыл
юйретирге бек ёч эди, кеси кесине айтханны хазна этмеучю
эди ансы. Бир бирде, кесине тырман эте келип, кесин

жилятады. Кеси жангыз крокет ойнай туруп харамлыкъ-
чыкъ этгенинде, кесини жаякъларын алай къыздыргъан
эди, алай къыздыргъан эди... Ууртларына къызыл
чюгюндюрню ышыгъан кибик этгенди! Бу хыпыяр бала
кесин эки къызчыкъ этип, аланы бир бирлерине эришдирип
да ойнаучуду. «Бусагъатда аллайла безирер онгум жокъду,»
деп ойлады жазыкъ Алиса, «кесим кесиме да кючден-бутдан
жетишеме!»

Не хадагъа этерге билмей тургъанлай, стол тюбюнде
мияла кюбюрчекчикни эслейди. Ачып къараса – ичинде
бёрек; бёрекни юсюнде уа, шах-шах урлукъчукъла бла
тизилип: «МЕНИ АША» деген жазыу. «Айхай да,» деди
Алиса, «этеригим да алайды. Уллу болсам – ачхышчыкъны
алырма, мындан да гитче болсам – эшикчикни тюбю бла
сыптырылырма. Ары бир ётейим ансы – манга башха
тюйюлдю!»

Ол бёрекден бир кесекчик къабады да, сагъайып сакъ-
лайды: «Ёсгенми этеме, жыйырыламы турама? Ёсгенми
этеме, жыйырыламы турама?!» Къолун тёппесине салып, не
тюрлю бола тургъанын билир умут этеди. Не уллу, не да
гитче болмайын, тургъаныча тургъанына сейирсинеди.
Сейирсинмей а? Тёгерекде хар не да тюрленнгенлей
тургъанына юйренчек болгъан Алиса, жукъ тюрлен-
мегенден ары – эриге башлайды. Жашау биягъы ызына-
сырына къайтады.

Бёрекден энтда да бирчик къапды да, артдасына къоя
турмай, къалгъанын да ашады.

*   *   *   *

*   *   *

*   *   *   *

Бёлюм II

Жилямукъ кёл

«Кёзюм басханны аягъым кёрмей, эсе да… кёзюм бас-ханны аягъым кёрмей, эсе да… Аягъым басханны кёзюм кёрмей!» асыры сейирден Алиса айтыр сёзлерин къатышдырады, «Энди мен кёзюлдюреуюк кибик созулама, аякъларым къайры эсе да бирге кетип барадыла, мени оноуумдан чыкъгъандыла. Аякъларым, жолугъуз мамукъ-дан болсун!» (Тюз ол кезиучюкде эки кёзюню къарамы эки аягъына илинедиле – бусагъатчыкъдан кёз тууурадан узайырыкъдыла.) «Жазыкъ какачыкъларым! Энди сизге чындай да, чарыкъчыкъла да ким кийдирликди? Жан-ларым-кёзлерим, энди мен сизге узалып жеталлыкъ тюйюлме. Биз бир бирден алай узакъда боллукъбуз, алай узакъда боллукъбуз – мен сизни къайгъылы боламлам… Кесигизни къайгъыгъызны энди кесигиз кёрюгюз.»

Бир кесек сагъыш этеди да, аякъларын тюрт этип къой-гъанны женгилликге санайды. Аланы сансыз этип къойса, бирери бирер жанына ажашып да кетерле. Андан эсе «кёз-къулакъ» бола турургъа кереклисин сезеди. «Хо да, къур-мандан къурманнга жангы чурукъла жибере турурма,» деди

16

ичинден, «бирледен жибере турурма. Ма кюлкю десенг кюлкю! Кесими аякъларыма саугъаны ётген-сётген бла ашыра! Адреси уа, тамаша адреси!!

„*Онг-Аякъ Бийчеге –*

Тыпыр Таш

(От жагъада)

Алисадан исси салам бла!"

Мен нечикле сандырайма!»

Ол кезиуде башы чырдыгъа тийип, сагъышын бёледи: баям, тогъуз фут узунлукъгъа созулгъанды. Тепси-ден алтын ачхышчыкъны сермеп, эшикчикге чабады.

Жазыкъ Алиса! Энди ол гитче эшикчикге ол нечик кирсин? Ол терек бахчагъа, ол гюл къудуретте жалан да бир кёзю бла къара-ялады, – аны да, – юй тюпге бауурундан жатып. Энди ол тешикден ары жанына ётерге чырт бир умут къалмагъанды. Юй тюпге олтуруп жиляйды.

«Уялмагъан,» деди Алиса бир кесекден, «быллай уллу къыз болуп тургъанлай жиляргъа бетинге уялмаймыса? (Былайда айтханы уа керти эди.) Тын бусагъатдан! Тауушунгу чы-гъарма!» Тауушун тохтатхан-лыкъгъа, жилямукълары тагы суула кибик саркъадыла, къарап-къарагъынчы тёгереги кёл болады, юй тюпню ортасына дери жайылады.

Бир кесекден женгил аякъ таууш узакъдан эшитиледи. Алиса кёзлерин ашыгъышлы сюртеди, биягъы Акъ Къоян къайтып келгенин кёреди. Юсю-башы омакъ жасаныпды, бир къолунда эки сахтиян къолкъап, бирси къолунда абадан желкен.[5] Акъыртын болса да, мурулдагъаны эшитиледи: «Ах, мен жазыкъ, Герцогиня не дерикди! *Аз ачыуланмаз* мен кеч къалсам! Къутуруп къаллыкъды!» Алисаны бу турмушуна кёре, ыйлыкъмайын кимни да аллына барлыкъды, мадар излерикди. Акъ Къоян жаны бла жуу-гъуракъ озгъанында, Алиса аз базынып шыбырдады:

5 *Желкен* – веер.

«Кечгинлик, жюйюсхан…» Акъ Къоян элгенип секирди да, къолкъапланы бла желкенни къолундан тюшюре, къарангыгъа юркдю.

Алиса желкен бла къолкъапла къоллу болду. Залда исси эди да, желкенни ойната, хауаны айландыра, солуу алады. «Не сейир, не тюрлю кюндю бюгюн! Тюнене уа хар не да адетдеча эди! Кечеден тангнга кесим тюрленип уяннган а болурмамы? Эрттенликде уяннганымда мен менми эдим, огъесе мен мен тюйюлмю эдим? Бир кесегим мен эсем да, бир кесегим а мен тюйюлме. Да сора *мен кимме*?» Кесини тенг къызларындан бири кеси болгъан эсе уа?

«Къалай алай эсе да, мен Ариука тюйюлме!» деди Алиса, «Аны чачы бурмады, мени уа угъай! Гезам бютюн да тюйюлме. Мен хар нени да билеме, Гезам чыртдан да бир жукъ да билмейди. Ол *олду*, мен а менме! Аны не айтыуу барды! Кесими бир сынайым, билгенлерим эсимдемидиле, огъесе, унутханмамы. Былай тергейим: тёрт кере беш – он эки, тёрт кере алты – он юч, тёрт кере жети… Былай бла жыйырмагъа дери бир заманда да жеталмам! Хо да, керелеген алай керекли тюйюлдю! География бек керекди! Лондон – Парижни ара шахары, Париж а – Римни ара шахары, Рим а – Нальчикни… Угъай-угъай, алай тюйюлдю! Мен Гезам болгъан болурма… сюймеклик назму окъуп да бир кёрейим: „*Басхан суудан…*“». Эки къолун да тобукъларына салып, дерсин айтхан кибик башлайды. Ауазы уа башха тюрлю чыгъады, Алисаны айтхан сёзлери башха тюрлю эшитиледиле:

«Басхан суудан уллуду Нил,
Нилде жюзеди крокодил,
Балачыгъы биргесине –
Сарыуекчик ёресине;

Чабакъчыкъны сюеди ол,
Сюймекликден кюеди ол,
Эркелете тутады ол,
Хычыуунчукъ жутады ол!»

«Чырттан да мени сёзлерим тюйюлдюле,» деди да, – харип Алисаны кёзлери биягъы жилямукъдан толдула, «Алай эсе, Гезам менме! Аны эски юйчюгюнде жашарыкъма, кюйген гюттюлени ашарыкъма. Илляуларым чырттан да болмай, дерслеримден баш кётюрмей окъурукъма. Алай эсе уа, мен Гезам эсем, мен мындан кетмейме. Мени мындан чыгъарып бир кёрсюнле! Башларын энишге салындырып жалынырла: „Кёз жарыгъыбыз, бери чыкъ, тансыкъ болгъанбыз." Мен а алагъа тюбюнден ёрге къарап сансызыракъ дауларма „Сиз алгъа мени ким болгъанымы айтыгъыз! Сиз айтханнга мен бюсюресем – чыгъарма, бюсюремесем – мында къаллыкъма, энтда да бир тюрлю-мюрлю болгъунчу!"» Бияғы тагы суула кёзлеринден тёгюлдюле. «Мени нек *излемейдиле*, нек *жокъламайдыла??*»

Бу сёзле бла Алиса къолларына къарайды да, сейирге къалады. Сандырай-сандырай тургъан кезиуюнде Акъ Къоянны къолкъапчыгъын сол къолуна кийип тура эди. «Мен муну *къалай кийалдым*, огъесе гитчерек боламы башлагъанма?» дей, Алиса кесин ёнчелерге мияла тепсини къатына жанлайды. Эки футдан[6] бийик болмаз, аны бла тохтамай, аздан-аз бола барады. Былай нек бола тургъанын Алиса терк окъуна сезеди: ол Акъ Къоян тюшюрюп кетген желкенни къолунда тутханыны хатасындан эди да – терк окъуна желкенни жерге атады. Атханын иги этди ансы, тауусула-тауусула кетип, арталлы да жокъ болуп къала эди!

«*Ажымлы жоюла эдим да,*» деди Алиса, ол къоркъгъаны бла сау къалгъанына къууана, «Энди уа, ол тереклеге, ол гюллеге, ол айбат бюркген суулагъа!» Алиса ол эшикчикге

---

6   *Фут* – 0,3048 м. (олтан узунлугъу).

чапханлай жетеди. Не медет! Биягъы эшикчик этилип, биягъы алтын ачхышчыкъ биягъы мияла столну юсюнде. «Отдан чыкъ да – жалыннга,» деди Алиса кеси кесине, «мен былай гитчечик туугъан кюнюмде да болмагъанма! Ишим хоча тюйюлдю!»

Былайда учхалап суугъа жыгъылады. Суу тузлуду, сакъал тюбюне дери жетеди. Тенгизге тюшген сунады: «Алай эсе – темир жол бла кетерге жарарыкъды.» (Алиса тенгизге жангыз бир кере баргъанды. Тенгизде хар не да бирча сунады: тенгизде – суу тузлу, жагъасында сабийчикле – агъач къалакъчыкъла бла юзмезден къалала ишлей, ашатхан-жашатхан да эттен къонакъ юйле, аладан арлакъда уа – темир жол.) Тёгерегине тюрслеп къарап, тенгизге жыгъылмагъанын ангылады. Ёсюмю тогъуз фут чакълы болгъан заманында тёгюлген жилямугъу толтургъан кёлдю бу.

«Жиляуукъ-жиляуукъ, къатынлагъа тузлу билямукъ! Ма алай керек эди манга – басымсыз къызгъа, батырлыкъ-чыгъын тыялмагъан къызгъа! Неден да *сейирлиги уа* – кесим кесими жилямугъумда батарыгъымды! Алай, бюгюн хар не да сейирликди, къужурду!»

Алиса, кесине тырман эте тургъанлай, бир шыпал-шупул таууш эшитеди да, анда не болгъанны билирге, жюзюп ары барады. Морж,[7] не да гиппопотам[8] болурму. Кесини нечик бурхучукъ болгъаны эсине тюшеди да, тюрслеп къарагъанында – чычханчыкъны кёреди. Баям, ол да Алиса кибик тюшген болур бу тузлу кёлге.

«Аны бла сёлешейимми, угъаймы?» деп ойлайды Алиса, «Бюгюн хар не да алай сейирликди, къужурду, сёлеше биле эсе уа! Отумдан-огъумданмы къорарыкъды – сёлешип бир кёрейим: „О! Чычханчыкъ! Бу кёлден чыгъар амал бармыды? Безгенме мында жюзгенден, о Чычханчыкъ!“» (Алисаны ангылауу бла, чычханла бла алай сёлеширге керекди. Тюйюл эсе да – билмейди. Къарындашыны латин тилден китабы эсине тюшеди. «Баш болуш – Чычхан, Иеликчи болуш – Чычханны, Бериучю болуш – Чычханнга, Тамамлаучу болуш – Чычханны, Орунлаучу болуш – Чычханда, Башлаучу болуш – Чычхандан!») Чычхан анга сейирсинирек къарады да, аз эслерча, кёз къысды, кёз къысмагъан эсе да, къартлыкъдан къысханча кёрюннгенди, соргъанына уа бир сёз да къайтармады.

«Бу чычхан тауча ангылай болмаз,» дейди Алиса, «узбеклими болур? Къазауатчы Акъсакъ-Темир бла келген болур...» (Алиса тарыхден-историядан бир уллу ангылауу болгъанча ёхтемленнгенликге, къайда, къалайда къаллай ишле болгъанны къатышдырып, къалжа этип къояды.) Жангылтындан башлайды: «Où est ma chatte?»[9] Француз тилни окъуу китабы ол сёзле бла башланады. Чычханчыкъ а, ол сёзлени эшитгенлей, суудан чартлап ёрге секиреди да, – шап, – деп биягъы кёлге тюшеди. Асыры къалтырагъандан, терисинден чартлап чыгъарыкъ болады. «Кечгинлик!» деди Алиса, жазыкъ жаныуарчыкъны жанына тийгенине

---

7 *Морж* – ыргъанжик.
8 *Гиппопотам* – жипи тонгуз.
9 *Où est ma chatte?* – Къайдады мени киштигим? (французча).

сокъурана, «Сен киштиклени сюймегенни унутуп айт-ханма.»

«Сюймеймеми?» (Ачы къычырды чыхан.) «Сен а сюерикми эдинг, мени орнумда болсанг?»

«Баям – угъай. Кечгинлик тилейме, ёпкелеме! Санга Динаны кёргюзталмам, анга жарсыйма. Сен аны кёрсенг, бек сюер эдинг. Дина алай халалды, алай сабырды…» дейди сагъышлы Алиса, тузлу сууда жюзе, «от жагъада чёгелер да, мур-мур эте турур, бетин да жууар. Аллай жумушакъ-чыкъды – сыртын сыларыгъынг келир! Чычханланы уа нечик тутады, нечик жутады!.. Ах, кечгинлик! Кечгинлик-кечгинлик!! Унутуп айтханма.» Чыхханны сыртында тюгю ёрге турургъа итиннгенликге, асыры мылыдан – къобалмады. Алиса аны да эследи. Бу тузлу кёлде чычханны кёлюне тийгенин сезди. «Быллай ушакъны жаратмай эсенг, энди аны сагъынмайыкъ,» деди Алиса.

«Сагъынмайыкъ?!» деп къычырды Чычхан, бурунуну къыйырындан къуйругъуну къыйырына дери къалтырай, «Бу сылыкъ хапарны мен башлагъан сунарса! Биз киштик-лени битеу юйюрюбюз бла да *кёрюп болмайбыз*. Мурдарла, асылсызла, жашыртын мараучула! Атларын эшитирге да сюймейме, артлары болур эсе!»

«Охо-охо,» деди Алиса, «сен айтхан, сен айтхан! Э... итлени... итлени уа сюемисиз?» Чычханчыкъ жукъ айтмады. «Бизни тийреде бир хычыуун гутчачыкъ жашайды. Сени аны бла шагъырей этеригим бир бек келеди! Маскечик, терьер! Жандыракёз! Узун мор жюню бурма-бурма салынып. Бир затны узакъгъа атсанг – атылып кетип, келтирип аллынга салыр. Аллынга салыр да, арт аякъларына сюелип, кёзюнге къарап, сюекчик умут этер! Иеси къолайлы адамды, ол айтханнга кёре, бу маскени багъасы жокъду! Тёгерекде битеу гылыуланы артларын эттенди, бир дерге бир чыхч... Ах, кюнюм!» ахтынды Алиса, «Биягъы мен жанына тийдим!» Чыхчан Алисадан къачалгъаныча узакъ къачады, кёлде толкъунчукъла окъуна кётюрюледиле.

«Чыхчанчыкъ, жаным-кёзюм, – Алиса ызындан къычырды – тилейме, къайт бери. Итле, киштикле санга эрши кёрюне эселе, энди мен аланы чыртдан да сагъынмам!» Ол сёзлени эшитген Чыхчан ызына къайытады. Бетинде къаны жокъду. («Ачыуланнгандан!» деп тергеди Алиса). «Суудан чыгъайыкъ да,» деди Чыхчан, шош ауазы къалтырай, «мен санга кесими хапарымы айтырма. Анда ангыларса киштиклени бла итлени кёрюп болмагъанымы.»

Кертиси бла да, суудан чыгъаргъа керекди. Бери тюшген къанатлыладан, жаныуарладан кёл тардан тар бола барады. Ала уа: Баппуш, Додо чыпчыкъ, тутуй къушчукъ Лори, Къыртчыгъа балачыкъ, дагъыда, дагъыда биз билмеген-эшитмеген тюрлю-тюрлю затла. Алиса – алларында, бирсиле да ызындан тизилип, кёлню жагъасына тебирейдиле.

Бёлюм III

Тёгерек жортуу, узун хапар

Кёлню жагъасында жыйылгъан жамауатны тюклери тозурап, юслеринден суу саркъа, сууукъсурап, жунчуп турадыла, кёз тиерик тюйюлдю.

Энди, айхай да, бек биринчиден юслерин-башларын теркирек кепчитиудю. Оноугъа тохташадыла. Бирсиле эс жыйгъынчы, Алиса кесин къолгъа алады, ол жамауатны эрттеден да танып тургъанча, аланы да къолгъа этеди. Тутуй къуш Лори, гынттысы четеннге сыйынмай, Алисагъа бойсунмаз умут этеди. «Мен сенден таматама, нени да сенден эсе мен иги билеме!» Алиса тутуй къушха ненча жыл толгъанын даулагъанда, Лори эшитирге да унамады. Даулаш алай бла юзюлдю.

Эндиге дери тынгылап тургъан Чычхан хыны-хыны сёлешеди. Сыйы-намысы бийикде жюрюген Чычханнга барысы да къулакъ саладыла, ёрге турадыла. «Олтуругъуз, барыгъыз да олтуруп тынгылагъыз. Мен сизни юсюгюзню *кёз къакъгъынчы* кепдирейим!» Барысы да Чычханны тёгерегинде гюрен олтурадыла. Алиса андан кёзюн айырмайын къарайды – бусагъатчыкъдан къургъакъсымаса кесекле тиеригин биледи.

«Гхе-гхе!» ёхтемленнген Чычхан тамагъын тазалады да, ауазын тохташдырды да, «Барыгъыз да хазырмысыз? Башлайыкъ. Бу сизни юсюгюзню-башыгъызны къарап-къарагъынчы къургъакъсытырыкъды! Тынгылагъыз!»

«Х-хау!» деди да, титиреди Лори.

«Кечгинлик,» деди, къаштюй Чычхан; адепли намыс бере, «сен жукъму къошарыкъ эдинг?»

«Угъай-угъай,» деди жунчугъан Лори.

«Къулагъыма чалыннган болур, охо да, хапарны андан арысын айтайым: „Чингиз-Ханны туудукълары, 1230-чу жыланы ахырында, бир кезиуде жер тепдирген аланланы къырадыла, сау къалгъанлары элпек тирлик берген ёзенден кавказ таулагъа къысыладыла“.»

«„Къысыладыла“ дегенинг а неди?» сорду Баппуш.

«„Къысыладыла," деген а, „неме". Неме не болгъанын нечик немейтмейсе?» деп, неметди Чычхан.

«„Неме," дегенни мен нечик билмем?» деди Баппуш, «Мен бир неме тапсам, асламысында ол не бир макъа болады, не бир къурт болады.»

Чычхан ол соруугъа жууап къайтарыргъа кюсемей, хапарын тохтаусуз бардырады: «„Акъсакъ-Темир да, татар-монголланы сюре келген ёзенледе къан тёкгени къандырмай, тау эллеге киреди, чачады-къырады, ташны таш юсюнде къоймайды, – энди бу тийреде беш жюз жылдан алгъа къыттай къычырмаз, – деп кетеди. Эндиги таулула, аны эркелетип, сабийлерине Тамерлан деп да атайдыла. (Анса уа Тамырлан дер эдиле.) Акъ Патчах да жутлу кёзюн Кавказдан айырмайды. Тёгерекни уууклап бошагъандан сора, эндиге дери къамамай тургъан Къарачайгъа генерал Эммануэльни юскюреди.

> Тау асланла хазыр болуб чыгъыгъыз,
> Джау аскерни дженгил-дженгил джыгъыгъыз.
> Ойнатыгъыз сампаллада къолланы,
> Къызартыгъыз Хасаукада джолланы."

Къалайса, кёз жарыгъым, кепчиймисе?» деп сорду Чычхан Алисадан.

«Юсюмден саркъгъаны тохтамайды, кепчир умутум да жокъду!» деди мудах Алиса.

«В таком случае,» деди Додо, «я предлагаю принять резолюцию о немедленном роспуске собрания с целью принятия самых экстренных мер для скорейшего...»

«Адам тилде сёлеш,» деди Къыртчыгъа балачыкъ, «мен ол сёзлени жартысын да билмейме! Баям, сен кесинг да билмейсе.» Къыртчыгъа балачыкъ, ышаргъанын жашырыр ючюн, башчыгъын бир жанына бурду. Бирси къанатлыла да жашырын къуш-муш этдиле.

27

«„Тёгерек жортуу этерге керекди,“ дерик эдим,» деди кёлкъалды болгъан Додо, «алай этсек, юсюбюз бек терк кепчирикди!»

«Ол а неди?» Кертисин айтханда, Алиса ат башындан соргъан эди ансы, ол анга алай бек керек тюйюлдю. Додо сёзюне терен магъана излей тынгылайды. Бирсиле да тынгылайдыла. «Ол а неди?» сорду биягъы Алиса.

«Айта тургъандан эсе,» деди Додо, «кёргюзтген мажалды!» (Ким биледи, сен да бир къыш кюн, къарда, былай ойнаргъа сюйсенг.)

Додо юйретгенни санга да айтайым. Жерде тёгерек сызлыкъ этеди. Ётюрюкден не хайыр, алай тёп-тёгерек да болмайды. Додо айтханнга кёре: аны уллу зараны жокъду! Барысын да ол тёгерекни сызлыгъы бла тизеди. Киши бир жукъ да айтмагъанлай, кеслери алларына, ол тёгерек сызлыкъны тёгерегине чабышадыла. Бу жортуул эриш къачан тохтарыгъы белгисизди. Жарым сагъатдан, барысы да жортхандан эригип, юслери да кепчигенден сора Додо къычырды: «Жортушуу тохтады!» Барысы да тёгерегине басынып ким хорлагъанын сорадыла.

Бу соруугъа Додо жууап бералмайды, терен сагъышха киреди. Бармагъын мангылайына тиреп, сир къатып къалады. (Бу сыфатда Шекспирни суратын ишлеучюдюле, эсингдемиди?..) Додо сагъышында уюп, жамауат да тёгерегинде шумсуз сакълайды. Къалай-алай болса да, Додо сагъышындан аязып, сескенип айтды: *Барыгъыз* да хорлагъансыз! *Хар биригиз* да саугъа аллыкъсыз!»

«Аланы уа ким юлеширикди?» дедиле барысы да бирден.

«Айхай да *ма бу*,» деди Додо, бармагъын Алисагъа тирей. Барысы да Алисаны тёгерегинде гюрен сюеледиле: «Саугъала! Саугъала! Саугъабызны бер!»

Алиса жунчуйду, дыгалас этеди. Къолларына жер тапмай, хуржунуна сугъады. Хуржунунда – кюбюрчекчик, кюбюрчекчикде – бал туз гыртчыкъла. Насыпха – жилямукъ кёл жибитмей, эритмей. Гыртчыкъланы алайда жамауатха юлешеди – хар бирерине бирер гыртчыкъ жетеди.

«Бу барыбызгъа да саугъала юлешди, анга уа саугъа керек тюйюлмюдю?» деди Чыччхан.

«Айхай да керекди!» деди кесин ёхтем тутхан Додо, сора Алисагъа бурулуп, «Хуржунунгда бир жукъ къалгъанмыды?»

«Угъай,» деди мудахыракъ Алиса, «жангыз бир оймакъ».

«Аны бер бери!» деди Додо.

Биягъы жамауат биягъы Алисаны тёгерегине басынды, Додо оймакъны Алисагъа берди: «Тилейбиз бу омакъ оймакъны саугъагъа алырынгы!» Терен магъаналы сёзню къысха айтылгъанына барысы да чаби-чаби этдиле – къарс урдула.

Бу кёзбау ишге кюллюгюн кючден тыйып тургъан Алиса, Додо айтханнга «сау бол» сёзню мадаралмай, баш уруп къойду. Алайды да, Алиса да, *ойнай-ойнай, оймакъ* къоллу болду.

Энди барысы да сыйлана башладыла. Дауур-сууур да кётюрюлдю. Абадан къанатлыла бал туз гыртчыкъ тиллерине тийгинчи *жутлу жутдула*. Татыуун да ангылаялмадыла. Ууакъ чыпчыкъчыкъланы тамакъчыкъларында тирелдиле – аркъаларындан къагъып-къагъып жутдурургъа тюшдю. Барысы да ауузланнгандан сора тёгерек олтурдула, Чычхандан энтда бир хапар айтырын тиледиле.

«Кесинги хапарынгы айтып бошамадынг,» деди Алиса, «К бла И санга былай жаналгъыч нек кёрюнедиле?» Чычханны жанына энтда да тиймез ючюн, сёзлени ал харфларын шыбырдап айтды.

«Ол узун да, мудах да хапарды…» деди ёкюмлю Чычхан. Бир кесек тынгылап туруп, ачы къансыды, «Къу-ру-ру-къ!!»

«*Къуйрукъ, къуйрукъ?*» Алиса, сейирсинип, Чычханны къуйругъуна къарады, «*Къуйрукъну юсюнден*… узун да, мудах да хапар??»

Чычхан узун хапарын айта тургъанда, Алисаны башында башха сагъышла къайнайдыла, «Бу Чычханчыкъ хапарны узунлугъун къуйругъуну узунлугъу бла ёнчелей болур. Киштиклеге дерти уа?..»

Алиса, Чычханчыкъны сандыраууна тынгыламай, кеси былай ойлайды:

«Кишиу тутду
чычханчыкъ-
ны: „Башы
ачыкъды
къапчыкъны,
Аны тю-
бюн а нек
тешдинг?
Къара чёп-
ге андан
тюшдюнг!
Сюйреп
элтирме
тёреге,
Башынг
къаллыкъды
тёлеуге.“
„Тёгерекде,“
кёзюнг
кёре,
„Къайда
къади,
шагъат,
тёре?“
„Аны
тапчыкъ
жасар-
ма мен –
Къуй-
ру-
гъунг-
дан
асар-
ма
мен.
Чырт
этме
жа-
шау-
дан
умут,
Ма
бы-
лай-
да
са-
нга
ка-
пут!“

«Сен тынгыламайса!» Чычханчыкъ Алисагъа хыны тыр-
ман этеди.

«Сен ёлмегин, тынгылайма, бешинчи кере къайтарып айтаса. Алай тюйюлмюдю?»

«*Тюйюлмейми?* Телисине сандырай турурса, арытханса, кётюралмайма.»

«Нени кётюрюрге керекди? Бирге кётюрейик.»

Алисаны жаны-тини – хар кимге да болушхан.

«Угъай, ол ыспаслы бол,» Чычханчыкъ кетип тебирейди, «болгъанны-болмагъанны да жаншай, мени сындырыргъа, жаныма тиерге кюрешесе!»

«Угъай-угъай, эсимде да жокъду аллай ниет! Сен кесингсе бошунакъгъа ёпкелеучю.»

Чычханчыкъ эс бурмай мур-мур эте кетеди.

«Бош кетесе, бизни къоюп кетме, хапарынгы да бошама-дынг айтып.» Алисаны ызындан барысы да бирден тиледиле. «Хау-хау, кетме-кетме!!» Чычханчыкъ, башчыгъын бир сил-кеди да, къачып кетди. Ол Чычханчыкъ тууурадан ташай-гъанлай.

«Не тапсыз болду кесин тыйдырмай кеттгени,» деп ахтынды тутуй къушчукъ Лори. Къарт Метеке уа къызына акъыл юйретеди: «Ах, кёз жарыгъым, бу да бир дерс болсун санга! *Сенича къызла намысларына сакъ болургъа керекдиле!*»

«Анакачыгъым, ауузунгу тыйып турурму эдинг,» дейди Метекени эсли къызы, «сени акъыл сёзюнг устрицаны да къозутурукъду!»

«Бизни Дина керек эди былайда,» деди Алиса, барысына да эшитдирип, «*аягъын жерге жетдирмейин* къайтарыр эди!»

«Айып этме, бир сорайым „Дина кимди?"» деди Лори.

Алисаны жаны-тини – киштигин махтагъан. «Санга айып этмесем, кимге этейим? Сен аны нечик танымайса? Дина бизни киштигибизди! Чычханланы къалай уста тутады! Тутханлай ёлтюрюп да къоймайды, ойнагъанлай-ойнатхан-лай турады: жибер да къачыр, къачыр да жет да тут, къачыр да жет да тут... Чыпчыкъчыкъланы уа, чыпчыкъланы? Къанат къакъгъынчы *тутады*, сюекчиклери бла *жутады*!»

Алисаны къууандыргъан Дина тынгылагъан жамауатны къууандыралмады. Чыпчыкъла юйлерине ашыкъдыла. Къартайгъан Чыкъынжик ботасына чулгъана, «Жарлы юйюме барайым, кечеги хауа тамагъыма заранды,» деди да кетди. *Оймакъ* тенгли *омакъ* Мыга гыгачыкъларын тёгерегине жыйды да, жукълатыргъа сюрюп кетди. Къарапкъарагъынчы барысы да бирер *«керти»* сылтау бла юйлерине чачылдыла, Алиса уа кеси жангызлай къалды.

«Нек сагъындым былайда Динаны? Былайда аны жаратхан жан-жаныуар жокъ эди. Андан иги киштик а битеу дунияда да табылмаз! Ах, Дина, Дина! Энди мен сени кёрлюк болурмамы?» Жазыкъ Алиса былайда да жиляйды. Кёп да мычымай аякъ тауушла сезилдиле. Алиса тёгерегине къарайды. Чычханчыкъ ёпкелегенин къоюп, къанын сууутуп, хапарын айтып бошаргъа келе болурму?

Бёлюм IV

Гургун ожакъдан чартлап чыгъады

Ол а Акъ Къоян эди. Тёгерегине къайгъылы къарай, бир тас этген багъалы затын излегенча жёбелейди. Кеси аллына мурулдагъанын Алиса эшитеди. «Ах, Герцогиня! Герцогиня! Мени жазыкъ какачыкъларым! Мыйыгъымда юч тюк, къыйынлыкъгъа тюшдюк. Герцогиня ташдан ашырлыкъды, асмакъгъа асдырлыкъды! Къайда тас эттенме мен аланы?» Алиса Акъ Къоянны къайгъысын терк ангылап, анга жюрек халаллыгъы бла болушуругъу келеди. Алай, желкен бла къол къапла бир жерде да кёрюнмейдиле. Тёгерекде хар не да тюрленнгенди – ол уллу зал мияла тепсиси бла да, эшикчиги бла да думп болгъандыла, ёмюрде да болмагъан кибик.

Акъ Къоян да эслейди Алисаны. «Эй, Сары-Чач, *сен а* былайда нек тураса?» деп урушду, «Юйге чап да, желкен бла къол къапланы келтир! Терк бол!» Алиса асыры къоркъгъандан, жукъ айталмай, жумушха чапханлай кетди.

«Ол мени бирлени бир жумушчу къызлары суна болур. Ким болгъанымы билсе, аз сейир этмез. Къалай-алай эсе да, – табаллыкъ эсем, – келтирейим желкен бла къол къапланы!» Бу кезиучюкде Алиса бир тизгинли юйчюкню эслейди. Ол юйчюкню эшигинде жим-жим жылтырагъан жез къанжалчыкъда «А. КЪОЯН» деп жазылыпды. Алиса эшикни къакъмай киреди да, басхыч бла ёрге чабады. Керти Сары-Чач тюбеп къалырына къоркъады. Сары-Чач тюбесе уа – къыстап иерге боллукъду. Ыспассыздан къысталса уа – Акъ Къояннга желкен бла къол къапланы келтиралмаз.

«Нечик кюлкюлюдю, мен Къоянны чапчы-келчисиме! Энди Дина къалгъанды манга оноу этерге!» Бу оюнун мындан ары семирте, Алиса жангы таурух къурайды: «„Мисс Алиса! Бери терк кел! Хауагъа чыгъып айланыр заман жетгенди, сиз а алыкъа кийинмей турасыз!“ „Бусагъат, няння! Дина къайтхынчы чычханчыкъны уячыгъын марап турургъа керекме. Къачырып къойсам Дина урушурукъду!“ Алай а, Дина оноу эте башласа, бек терк къысталыр!»

Былай сагъыш эте, жим-жим жылтырагъан отоучукъгъа киреди. Терезе аллында – стол, столну юсюнде – желкен бла бир бек гитче къол къапчыкъла. Алиса желкенни да, эки къол къапчыкъны да алады. Кетерге тебирегенлей, кюзгю аллында бир гитче шешачыкъны кёреди. Юсюнде «МЕНИ ИЧ» деген жазыу болмагъанлыкъгъа, Алиса аны ачып, эринлерине жуууукъ келтиреди. «Мен бир-эки тамычы жутар-жутмаз бир *сейирлик ишле* болмай къалмайдыла,» дейди Алиса, «Не болса да, бу жол боллукъну да бир кёрейик! Эрикгенме быллай бурхучукълай тургъандан. Бир кесек ёссем эди!»

Тюз айтханыча болду. Болгъанда да – кёз къакъгъынчы! Жартысын уртлагъанлай, тёппеси чырдыгъа тирелди. Боюн жиклерин сындырмаз ючюн, тёрт бюкленди. Шешачыкъны

столгъа терк къайтарды. «Болду-болду,» деди Алиса, «былай
тохтайым, алайсыз да асыры оздургъанма. Бу эшикден энди
чыгъалгъан да эталмам. Кёбюрекми уртладым!»

Не хадагъа! Болур болду. Ёсгени уа тохтамайды. Тобукъ-
ланыргъа тюшдю, бир кесекчикден а – бауурланып жатар-
гъа. Дагъы да бир кесекден бютюн да тар болады да, бир
къолун терезеден чыгъарады, бир аягъын а ожакъны
тюбюне тирейди. Андан ары ол юйчюкню ичинде ёсер-
сыйыныр жери къалмагъанды. «Энди не болса да мен
эталлыкъ жокъду,» деди Алиса кеси кесине, «энди манга не
боллукъду?»

Бир насыпха, ол сейирлик суучукъну кючю тауусулады
да, Алисаны ёсюп баргъаны тохтайды. Алай, андан не
магъана? Бу ёсгени бла да жесирлигинден хазна ычхынал-
маз. Алисаны мудах болгъаны да сейир тюйюлдю.

«Кеси юйюмде нечик иги эди,» деп келеди жазыкъ
Алисаны кёлюне, «анда ёсюмюм бирчалай тура эди! Къайда
болса чычханчыкъ да, къоянчыкъ да манга оноу этмей
эдиле. Къоянны тешигине нек кирген эдим, атамы башы
андамы къалгъан эди?! Алай а... Дагъы да... Бу сейир жер-
леде айланнганым, бу *къужур дунияны* кёргеним кёлюме
асууду. Мында хар не зат да тамашады. Мен а, мен? Мен
кесим *нечикле тюрленеме!* Жомакъла окъугъанымда,
жашауда алай болмагъанын биле эдим! Бусагъатда уа кесим
жомакълыкъ болуп турама. Мени юсюмден китап жазаргъа
керекди, уллу китап, ариу китап. Уллу къыз болсам, жазмай
къоймам...» Былайда Алиса «сандырагъанын» бир кесекге
селейтип, дагъыда мудах айтады «Да а́хырда боллукъ эсем,
бек уллу гойра болгъанма... Къайда къалай болсам да,
былайда уа мындан ары ёсер жерим къалмагъанды.»

«Бу турмушумда тохтап къаллыкъ эсем а?» дейди Алиса,
«Баям, аны зараны жокъду – къартаймай турурма! Дерс-
лерим а, дерслерим? Ёмюрюмю узуну дерследен къутуллукъ
тюйюлмеми? Угъай, алай а *унамайма!*»

«Ах, Алиса, Алиса, сен не телисе!» кесине тырман этеди, «Мында не дерс эталлыкъса? *Кесинги* да сыйындыралмай тураса… Китапларынгы уа къайры жыярыкъса?»

Алиса, эки бёлюннген кибик, кеси кеси бла сёлешеди. Бирде бир жанын тута, бирде экинчи жанына ёте – къызыу даулашады. Ол алай терен ушакъгъа кирип тургъанлай, терезе тюбюнден кимни эсе да ауазы эшитиледи. Алиса къулакъ салып тынгылайды.

«Сары-Чач! Сары-Чач! Келтир бери ол къол къапланы! Къымылда! Терк бол!» Атлауучлада гитче какачыкъланы тауушлары эшитиледиле. Акъ Къоян аны излеп айланнганны биледи. Алиса кеси ол къояндан энди минг кере уллу болгъанын унутуп, къоркъмаз жеринде къоркъуп, асыры къалтырагъандан – ол юйчюкню мурдору бла тепдиреди.

Къоян эшик къатына келип, кокачыгъы бла тюртеди. Эшик отоуну ичине ачылыучусу ючюн, Алисаны жингириги тирелип ачылыргъа къоймады. «Иш былайгъа къалгъан эсе, юйню артына барайым да, терезе бла кирейим…» Акъ Къоянны айтханын Алиса эшитеди.

«*Угъай, угъай,*» деди Алиса, «зукку чибин санга!» Къоян терезе къатына энди жете болур деген заманны тергеп,

Алиса терезеден чыгъарып тургъан къолу бла сермер умут этеди. Къычырыкъ тауш, мияла зынгырдагъан тауш, жыгъылгъан тауш эшитиледи. Баям, нашала ёсдюрген мияла бахчаны юсюне жыгъылгъан болур.

Ачыуланнган къычырыкъ эшитиледи. «Жубуран! Жубуран! Къайдаса сен?» Алиса эндиге дери эшитмеген ауазгъа къулакъ салады. «Мындама мен! Сени сыйлылыгъынг, гардошчукъла къаза турама!»

«Гардошчукъла къаза турама!» деп эриклейди ачыуланнган Къоян, «Тапханса заман гардошчукъла къазаргъа! Андан эсе манга мындан чыгъаргъа болуш!» (Энтда да мияла ууалгъан, зынгырдагъан таушла.)

«Жубуран, терезедеги неди? Ол не болур?»

«Къолду, айхай да, къол узатылып турады, сени сыйлылы-гъынг!» (Артдагъы эки сёз «сени сынсыйлыгъынг!» маталлы эшитилген эди.)

«Хайырсыз, ол неге ушагъан къолду? Аллай къолну сен къайда кёргенсе? Терезеге кючден сыйынып чыкъгъанды!»

«Ол а, айхай да, алайды, сынсый! Алай а, айхай да, ол къолду!»

«Къалай алай болса да, аны жери анда тюйюлдю! Бар да, Жубуран, аны алайдан кетер!»

Бир бирде бир шыбырдагъан тауш болмаса, тылпыу айландыргъан жокъду. «Сынсый, кёлюм бармайды, жюре-гим тартмайды... Къояйыкъ, сынсый! Батырлыгъынг бла тилейме...» «Аман къоркъакъ! Мен санга не айтханма!» Биягъы Алиса бармакъларын хауада къымылдатды. Бу жол *экеуленни* сынсыгъаны эшитилди. Энтда да миялала къуюлдула. «Теплицалары уа не уллуду!» ойлады Алиса. «Энди не этерик болурла! „Пат, аны алайдан къурут!“ Былайдан къурургъа мен *кесим* да бек ыразы эдим! Керти да, была манга *болушсала* эди!»

Бир кесек мычыды – шошду. Кёп сакълатмай даууларыауазлары эшитиле башладыла. Кёп эдиле, барысы да бирден сёлешедиле. «Къайдады экинчи басхыч? – Мен бирин келтирирге керек эдим. Экинчини Гургун келтирликди! – Эй, Гургун! Аны бери келтирчи! – Аланы ма бу мюйюшге тире! – Бирин бирине къошуп байларгъа керекди! Алайсыз ала ортасына да жетерик тюйюлдюле! – Жетерикдиле, къоркъма! – Эй, Гургун! Жыжымны тут! – Къошун баш чардакъ чыдарыкъмыды? – Сакъ бол! Бу къошун тебе турады... – Жыгъылды... жыгъылды... Ма жыгъылды! – Башынга сакъ бол!» (Чыкъар-чукъур таушла эшити-ледиле.) «Налат боллукъ кимди? Кимни хатасыды? – Баям, Гургун ууатханды! – Ожакъгъа ким киреди? – *Мен кирмейме! Кесинг* кир! – *Угъай!* Бал къалач берсенг да – *угъай!* Гургун кирсин! – Эй, Гургун! Эшитемисе? Ары

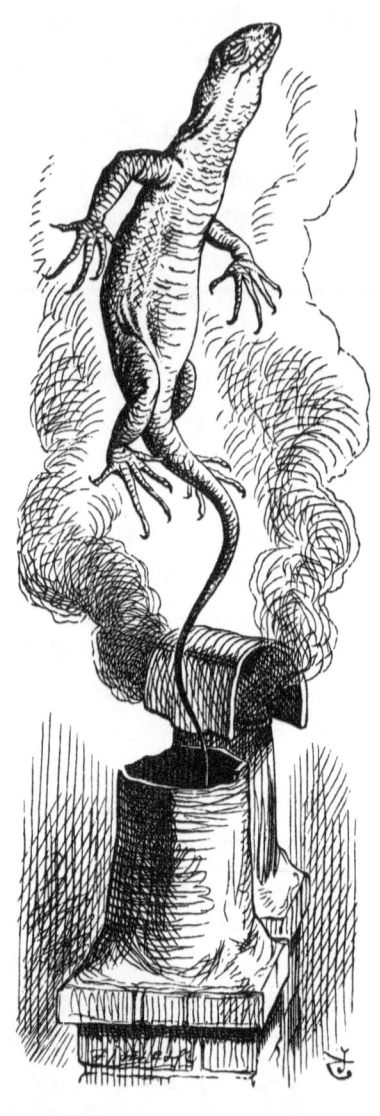

кирирге юйню иеси санга буюрады!»

«Ах, алаймыды!» деди Алиса кёлюнден, «Сора кирирге Гургуннга тюшгенди? Мени къолуму „оноуун" Гургун этерикди! Хар не жумушну да анга жюклейдиле! Мен аны орнунда болсам, чыртдан да унарыкъ тюйюл эдим. Бу тар от жагъа *алай* керилирча жер да тюйюлдю, *алай а*, *алай* керилирме да, табанны *алай* ийисгетирме да, *алай* ийисгетирме!»

Алиса аягъын ожакъ тюбюне созуп, энерик «къонакъны» сакълайды. Келлик да кёп сакълатмады, юй башында бир шыхыртла эшитиледиле. Гургун къаллай жаныуарчыкъ болгъанны Алиса ангылаялмай эди. «Ма Гургун да келди!» деди да Алиса ичинден, битеу кючюн жыйып табаны бла урду, «Энди уа не боллукъ болур!»

Биринчиден, жамауатны къычырыгъын эшитди. «Гургун! Гургун! Майна, чартлап чыкъды!» Акъ Къоянны ауазы. «Эй, ол кёкен къатындагъыла! Тутугъуз! Тутугъуз!» Шош боладыла. Шургулу ауазла эшитиле башлайдыла. «Башын, башын ёргерек кётюрюгюз! — Айран уртлатыгъыз! —

Чачыкъдырдыгъыз, терс тамагъына… – Нечиксе, шуёх? – Жердемеми, кёкдемеми? – Жердесе-жердесе, нечикле болдунг, шуёхум!»

Тура-туруп, бир инчке, бир къарыусуз ауазчыкъ эшитилди. («Гургун бу болур,» деп ойлады Алиса.) «Кесим да сезалмайма… Сау бол, энди ичмейме. Мажал болгъанма. Эсими жыялмай турама. Тёбентинден бир зат ёрге сызгъанча сундум – кёз къакъгъынчы кёкге чартладым, шайтан жел сууруп чыгъаргъанча!»

«Керти да, шайтан жел кётюрген кибик!» дедиле тёгерегиндегиле да.

«Юйню кюйдюрюрге керекди!» деди Акъ Къоян. Алиса алайгъа басыннганланы элгендирип къычырды: «Кёрчюгюз бир кюйдюрюп – мен сизни Динагъа талатырма!»

Тышындагъыла шум болдула. «Энди уа не этерик болурла,» деген оюм келди Алисаны акъылына, «Бир тюрлю бир тергеулери болса эди, чардакъны чачар эдиле – ачар эдиле!» Эки-юч минутдан къозгъала башладыла. Алиса Акъ Къоянны сёзлерин эшитди: «Четен бла бир да жетерикди, жетмесе – къошарбыз.»

«Четен бла бир *не зат?*» ойлады Алиса. Не зат болгъанын кёп сакълатмай билдирдиле – ууакъ ташчыкъла терезеден буз жаугъанча къуюлдула. Бир бирлери бетине да тиедиле. «Айыу бла кертме ашайдыла,» ойлады Алиса, «Тыныгъыз! Букъугъузну бардырырма!» деп къычырды. Биягъыла биягъынлай шум болдула.

Алисагъа сейирге, ол ташчыкъла юй тюпге тюшер-тюшмез бёрекчикле болуп барадыла. «Бёрекчикни ашасам,» ойлайды Алиса, «мен энтда да бир *тюрлю тюрленмей* къалмам. Мындан ары ёсеригим тохтагъаннга ушайды. Баям, энди гитчерек болурма!»

Бир бёрекни ашагъанынлай, гитчерек болгъанын эслеп къууанады. Эшикге сыйынып чыгъарча болгъанынлай бёреклени чёплегенин тохтатады. Чартлап чыкъса – терезе тюбюнде бир талай жаныуарчыкъла, къанатлычыкъла. Орталарында уа – жазыкъ Гургун сыртындан сойланып ынчхайды. Гургунну тёгерегине басыннганла, Алисаны кёргенлей, Гургунну къоюп Алисагъа чабадыла, ол а, къачып къутула барып, къарангы *орманнга* киреди.

«Неден да алгъа алгъыннгы сыпатха къайтыргъа керекди,» деди Алиса, агъачны жырып бара, «Андан сора – ол аламат *баугъа* (бау – терек бахча) баргъан жолну табарма. Алай этерме – ишни тюзю алайды!»

Оноуу керти да аламатды, бир жетишмеген жерчиги барды ансы: ол оюмун къалай тындырыргъа кереклисинден чыртдан да бир тюрлю бир хапары жокъду. Агъачны теренине къоркъуулу къарай, сакъ атлай баргъанынлай башыны тюз огъары жанында бутакъдан бир ачы тауш эшитилди – ол а ит кючюкню «гаф» деп юргени. Алиса иги да элгенип, башын кётюрюп къарады.

Къарагъанда уа, – сени жауунг аллайны кёрсюн, – бир бек уллу, чырча кёзлю, тулпар кючюк. Кокачыгъын акъыртын узата, Алиса бла саламлашыр ниет этеди. «Ха-а-рипчик, балачыкъ!» деди да жалыннган Алиса, эркелетип сызгъырыргъа кюрешди. Эринлери къалтырагъандан – сызгъыралмады. Кючюк ач эсе уа? Ашап къойса уа? Жалынмай не амалы барды?!

Алиса ийилип жерден бир агъашчыкъ алады. Не эттенин да тергеялмай, ол агъашчыкъны кючюкге узатады. Кючюк къууанчлы сынсып, тёрт аягъы бла да бирден ёрге секирип, ол агъашчыкъны сермейди. Ол кючюк, – ойнакълай келип, – малтап-эзип къоярыгъына къоркъуп-элгенип, эшек шинжилени артына къачады. Алиса шинжиле артындан чыгъар-чыкъмаз биягъы кючюк жанын Алисаны къолунда таякъчыкъгъа атады. Алиса энтда да эшек шинжилени артына ташаяды. Ойнарыгъы келген кючюкчюк ол таякъчыкъдан айырылыргъа унамайды: арлакъгъа къачады да, хырылдап чабып келип таякъны кемиреди, дагъыда къачады, дагъыда ойнакълап-хырылдап чабады. Ахыр да арырыкъ эсе – арыйды. Терен солуй, тилин салындырып, чырча кёзлерин жумаракъ этип – арлакъда чёгелейди.

Сылжырап кетерге аламат байтамал заманды. Алиса, бир такъыйкъаны да зыраф этмей, къачалгъаныча къачды. Кючюкню юрген таууушу тохтагъынчы, чапханын тохтатмады. Тохтагъанында уа, – шах-шах гюлню сабахына таянып, чапырагъын желкен этип, – солуу алады.

«Кючюкчюк а? Ол кючюкчюк! Нечик хычыуунчукъ эди!» деди Алиса, сагъышха кире, «Мен аны аллай тамаша оюнлагъа юйретир эдим... кесимми ёсюмюм мардасында тохташса! Хау, унутуп къоя эдим – ёсерге керекме! Эсиме тюшюрейим, аны ючюн не этерге керекди? Жангылмай эсем, бир зат къабаргъа, не да уртларгъа. Айхай, не зат?»

Керти да, не зат? Алиса тёгерегинде гокка ханслагъа къарайды. Жарарча бир зат кёзюне урунмайды. Арлакъда, Алисаны бийиклиги тенглирек, *сангырау къулакъ* сюеледи. Алиса аны ары жанына, тёгерегине, тюбюне да къарайды. Кёзге илинир зат кёрмейди. Арабий, къалпагъыны башында уа болмазмы бир керекли зат?

Аякъ бурунларына сюелип къараса – бир уллу, кёксюлдюм гёбелек къурт бла кёзден кёзге тюбейдиле. Олтура эди, къолларын кёкюрегинде чалдиш эшип, кендир тютюнню хычыуун тарта, тёгерегинде бола тургъан затланы чырттан да сан этмей.

Бёлюм V

Кёксюл Къурт

акъыл юйретеди

Алиса бла Кёксюл Къурт, ауузларындан сёз чыгъармай, бир бири кёзлерине къарап кёп турдула. Мыртыскы болуп тургъан Кёксюл Къурт, кендир тютюнню ауузундан кетере, къара тынгылауну сабыр бузады.

«*Сен. Кимсе сен?*» хыныракъ сорду Кёксюл Къурт.

Ушакъ жумушакъ башланмады. «Бусагъатда кесим да билмейме, кёк жюйюсхан,» деди жунчуюракъ Алиса, «эрттенликде уяннганымда *ким* болгъаныны биле эдим, алай, андан бери кёп кере тюрленнгенме.»

«Сен неле-неле сандырайса?» хыныракъ сорду Кёксюл Къурт, «Акъылданмы тайгъанса?»

«Билмейме, *тайгъан* да болурма,» деди Алиса, «ангылаймыса…»

«Ангыламайма!» деди Кёксюл Къурт.

«Баям, мен аны санга айтып мадараллыкъ болмам, мен кесим да чыртдан да бир зат ангыламайма. Бир кюннге анча кере тюрленнген кимни да чалпытырыкъды.»

«Чалпытмаз,» деди Кёксюл Къурт.

«Сен алыкъа тюрлю-тюрлю тюрлениулеге тюбеген болмазса,» деди Алиса, «Сен бусагъатда къурт болгъанлыкъгъа, бир кезиуде гинжичикча да бёленирсе, гёбелек болуп да учарса, сейирлик тюрлениулеге кесинг сейирсинирсе.»

«Аз да угъай!» деди Кёксюл Къурт.

«Сен *сейирсинмезге да* болурса, *манга* уа бек сейиртамашады.»

«Санга!» жийиргенчли эрикледи Кёксюл Къурт, «*Сен.* Кимсе сен?»

Бу сёзле бла бу ушакъны аллына къайытдыла. Алиса бир кесек ачыуланыракъ болду – Кёксюл Къурт *асыры* ёхтемлирек сёлешгени ючюн. Башчыгъын ёргерек кётюрюп, аркъачыгъын тюзетерек этип, ауазчыгъын къатыракъ этерге кюрешип айтды: «Мени сартын, сен ким болгъанынгы алгъа кесинг айтыргъа керексе.»

«Нек?» деп сорду Кёксюл Къурт.

Бу соруу Алисаны ырбыннга тыйды, Кёксюл Къуртну *уа усу* тутуп тургъаннга ушайды да, Алиса уа анга жууап табалмайды да, кетип тебиреди.

«Бери къайыт! Мен санга белгили зат айтыргъа керекме!» деп къычырды Кёксюл Къурт.

Терилтирча сёзге къулакъ салыш, Алиса ызына къайытды.

«Кесинги сабыр эт!» деди Кёксюл Къурт.

«Андан сора айтырыгъынг жокъмуду?» деп сорду Алиса, кесин керти да сабырыракъ тутаргъа кюреше.

«Угъай» деди Кёксюл Къурт.

Къайры барлыгъын, не этеригин билмеген Алисаны ашыгъыр жери да жокъду. Кёксюл Къурт магъаналы зат айтырыгъындан умут этип сакълайды. Кёксюл Къурт кальян тютюнден айырылмай иги кесек турду. Иги кесек турду да былай сорду: «Сен ойлагъаннга кёре – тюрленнгенсе?»

«Хау, кёк жюйюсхан. Бютюн да жарсыугъа, – тюрленетюрлене баргъаным сайын, – эсимде жукъ къалмайды,» дейди Алиса.

«Нени унутханса?»

«Ма, сёз ючюн, эки тизгин назмучукъну сёзюн сёзюне келишдиралмай къатышдырама.

> *„Ит бишеди къазанда,*
> *Эт юреди арбазда“.»*

«*Вильям Аттаны* окъу,» деди Кёксюл Къурт.

Алиса, къолларын бирге жыйып, башлады:

«„Атта Вильям," дегенди къанбуз уланы,
„Тохтагъанса кёзден-къулакъдан да.
Къарыуунг тепдирир бу бёкем тауланы,
Ойнакъларса кийик улакъла бла."

„Мен сени кибик жаш заманда, акъылым...
Тюз сенича, суубаш эдим мен да.
Ол суучукъ да къуруп, желбашлай да къалдым,
Тёппемде сюелеме ма энди."

„Хычыуун тёшегинг жасанып чюйледен,
  Чюйледе сен нечик тынчаяса?
Секиресе, сиркиусе чынтты чюйкеден,
  Сен чюйкеча нечик учаласа?“

„Он киши болсунла ма бу он бармагъым,
  Жаш-къушну барысын да жыгъама –
Ургъуйну ётюнден этилген дарманым:
  Этиме-бетиме да жагъама.“

„*Бу жерде жюз жылдан артыкъны жашадынг,*
Токълуну уа сан этмей жутханса –
Териден-гъышмыдан къалгъанын ашадынг,
Сау кюнню, кечени да жукъларса!"

„*Къартлыкъдан да озгъанма – къозу тишлерим[10]*
Шагъатлыкъ этерикдиле бирча,
Аламат, байтамал бардыра ишлерин,
Махтаула-майдалла да берирча."

---

10 *Къозу тишле* – бек къартха жангылтындан чыкъгъан тишле.

„Ургъуйну бутундан тутханынг – сорууум,
Сен аны ючюннге ачыуланма,
Ангылатмай къойсанг а – кесер сарыуум,
Хар нени тергеучю бир уланма!"

„Жашлыкъны жаншагъы, къартлыкъны акъсагъы...
Мардадан чыгъа чырттан да турма.
Акъ башым бла ойнама – тыймаз босагъа,
Табанны жетдирип чартлатырма."

«Барысы да терсди,» деди Кёксюл Къурт.

«Хау, тюппе-тюз тюйюлдюле,» арсар бойсунду Алиса, «Бир-бир сёзлери келишмейдиле.»

«Барысы да терсди, бек аллындан башлап ахырына дери,» хыны-хыны айтды Кёксюл Къурт.

Бир кесек тынгылады да:

«Ёсюмюнг къаллай бир болса ыразыса?»

«Ах, башха тюйюлдю,» деди Алиса, «билемисе, къуру да тюрленнгенлей тургъанны чырттан да бир хычыуунлугъу жокъду...»

«*Билмейме,*» деп, эриклей, чорт юздюрдю Кёксюл Къурт.

Алиса тынгылайды, аны жашауунда сёзюне да, ишине да быллай бир чурум бир заманда да этилмегенди, ол себепден, Алисаны тёзюмю таркъая башлайды.

«Энди ыразы болдунгму?» сорду Кёксюл Къурт.

«Сен ыразы болсанг, Кёксюл Жюйюсхан,» деди Алиса, «бир *кесекчик* окъуна ёссем эди... Юч дюйм – быллай бедишлик ёсюм!»

«Аламат ёсюм!» ачыуланып хахайлады да, Кёксюл Къурт битеу да узунлугъуна созулду. Аны узунлугъу къыркъма юч дюйм эди.

«Мен былай юйренмегенме!» сынсыды жазыкъ Алиса. Кёлюнден а былай сагъыш этди: «Была мында барысы да нечик жизедиле, нечик ёпкелеучюледиле!»

«Къайгъырмаз, бара баргъан заманда анга да юйре-нирсе,» деди да, Кёксюл Къурт кальянны ауузуна сугъуп терен тартды да, къалын тютюнню юфгюрдю.

Кёксюл Къурт эсин буруп энтда да кёз-къаш бергинчи, Алиса умутун юзмей сакълайды. Ол а бир-эки минутдан кальянны ауузундан чыгъарады, эки-юч кере эснейди, кериледи. Ахырында *сангырау къулакъдан*[11] сюркелип тюшдю да, кырдыкда ташайды. Кырдык ичинден Алисаны

---

11 *Сангырау къулакъ* – гриб, халкъда башха тюрлю да айтадыла.

къулагъына чалынды: «Бир жанындан къапсанг – улла-йырса, бирси жанындан къапсанг – азайырса!»

«Бир жанындан *нени* къапсам?» ойлады Алиса, «Бирси жанындан *нени* къапсам?»

«Сангырау къулакъны» деп, сорууну эшитгенча, Кёксюл къурт кёзден тас болду.

Аз ауукъну Алиса *сангырау къулакъгъа* сагъышлы къарап турду: муну бир жаны къайсыды да, бирси жаны къайсыды; *сангырау къулакъны* тёгереклиги бютюн да абызыратады. Кёп мычымай, *сангырау къулакъны* эки жанындан тутады да бирер кесекчигин сындырады.

«Энди быланы къайсы къайсыды?» ойлайды да, онг къолундагъындан бир кесекчик къабады. Ол къабын-чыкъны жутар-жутмаз сакъал тюбюнден бир зат къаты урады, кёзлеринден жилтинле чакъдырады… алай къаты ургъан а – Алисаны кесини тобукълары!

Алай терк тюрленип баргъаны иги да къоркъутады. Заманны аз да оздурургъа жарамаз. Гитчеден гитче бола асыры терк барады. Сол къолунда къабынны къабаргъа кюрешеди – къабалмайды, сакъал тюбю тобукъларына асыры къысылгъандан ауузун ачалмайды. Кюреше кетип, аманны кеминден, сол къолунда юлюшден бир кесекчигин къабады.

«Башым тузакъдан ычхынды, тузакъдан къутулду башым!» деп, къууанч тыпырлы къычырды Алиса. Алай, аны къууанчы алай узакъгъа созулмады – жангы къоркъуу тунчукъдурду ол къууанчны: имбашлары тас болгъандыла, жокъдула. Башын эки жанына ийилтип къарагъанында, боюнундан башха зат кёрмеди. Боюн да боюннга ушаса уа,

— эмина къурукъ кибик, — жашил чапыракъларын толкъун этдире тургъан кёкенлени башларындан къарайды.

«Неди бу *кёгерген?*» деди Алиса, «Къайдадыла мени *имбашларым?* Жазыкъ кокачыкъларым, къайдасыз? Мен сизни нек кёрмейме?» Бу жарсыуларына инжий тургъанынлай къолларын къымылдатады, къайда болгъанларын а кёрмейди, жалан да, къайда эсе да, тёбентинде, чапыракъланы шыхырдагъаны эшитиледи.

Къолларын кётюрюп бетине келтиралмазлыгъын билгенден сора, башын къолларына эндирип башлагъанында, боюну жилян кибик созулгъанын кёреди. Алиса боюнун тогъай-тогъай буруп чапыракъла тюбюне сыптырылыргъа башлагъанлай (орманны башындан къарагъанын, аны кёкен суннганын, энди сезгенди), къыжырагъан тауш эшитип элгенеди. Къанатлары бла ура, тырнакълары бла тырнай Алисаны бетине-бетине тебиннген кёгюрчюн:

«Жилян!» деп, къычырады.

«Мен *жилян тюйюлме!* Жанымы ала эдинг! Башымы аурутма — кёзюмден къуру!»

«Мен а „жилянса" дейме!» сабырыракъ айтды Кёгюрчюн, жилямсырап, дагъыда тарыкъды: «Мен этмеген амал къалмады — магъанасын а чыгъаралмайма. Чырт бир затха ыразы болмайдыла!»

«Нени юсюнден айта эсенг да, бир хапарым жокъду!» деди Алиса.

«Тереклени тамырлары, череклени жагъалары, кёкенлечырпыла... (Алисаны айтханына къулакъ салмай) ...ары къарасам — жилян, бери къарасам — жилян! Сизге бир тюрлю бир амал жокъду!»

Алиса сейирден сейирге къала тынгылайды. Ол ангылагъаннга кёре, кёгюрчюн кёлюндегин тёгюп бошагъынчы, сёз къошханны къыйматы жокъду.

«Гурт чыгъаргъаным аз эди да, энди кече да, кюндюз да кёз къакъмайын жилянладан сакъларгъа керекме! Ма, башы-аягъы сау, юч ыйыкъ толду мен бир такъыйкъаны тынчаймагъанлы!»

«Жарсыдым! Жарсыдым, харип, сени былай жунчутуп тургъанларына,» деди, ишни болушун ангылай башлагъан Алиса.

«Тюбюнде жан кечиндирирге амал къоймадыгъыз, сизден къачып, бек бийик терекни башында уя салгъанма,» бекден бек къычырады Кёгюрчюн. «„Энди уа къоркъуусуз болдум!“ дегенимлей, – къарап къарагъынчы, кёз къакъгъынчы, – мен жазыкъгъа кёкден тюшюп келесиз! У-у! Уу Жилян!»

«Мен *жилян* тюйюлме,» деди Алиса, «мен... мен бош... алай...»

«*Сен... сен бош... алай...*» ачыуланып эриклейди Кёгюрчюн, «ётюрюкден тюбюгюз жокъду, дуния малындан тоймайсыз, кесигизден къарыусузну къоймайсыз! Айтчы бир, энди уа не хыйлала жарашдыраса.»

«Мен... мен... гитче къызчыкъма,» деди Алиса, айтханына кеси да толу ийнаналмай, жангыз бир кюннге ненча кере тюрленнгенин эсине тюшюре.

«Сен ёлмегин, керти айтаса, бир бек гитчечикге ушайса!» деди Кёгюрчюн, кёзюнде огъу болса – урур къарамы бла, «мени ёмюрюмде гитче къызчыкъланы кёп кёргенме, быллай боюну болгъан а – *бир да угъай*! Мени алдагъан алай тынч тюйюлдю! Сен жилянса, алай бош жилян угъай – бек уллуларындан, бек огъурсузларындан! Сен мени: „Ёмюрюмде бир гаккы ашамагъанма!“ деп, ийнандырыргъа да кюреширсе.»

«Алай а бош айтаса, *ашагъанма*,» деди Алиса, «къызчыкъла да ашайдыла гаккыланы.» Ол хар заманда да керти айтыучуду.

«Хоу бир да,» масхарады Кёгюрчюн, «алай эсе, ала да жилянладыла!»

Кёгюрчюнню айтхан сёзлерини магъанасы Алисаны тёппесинден къайнар суу къуйгъанча кюйдюрдю. Бир кезиуге тили тутулгъанча болду. Кёгюрчюн а айтырын артха салмайды. «Билеме, билеме, *гаккыла* излейсе! Къызчыкъмыса сен, жилянмыса – манга башха тюйюлдю.»

«*Манга уа*, эшта да, башхады. Кертисинден айтханда – мен гаккыла излемейме! *Кёрсем да* – керек тюйюлдюле, тиерик да тюйюлме. Чий гаккыны кёрюп да болмайма!»

«Алай эсе да, тюйюл эсе да, къуру былайдан!» деди да Кёгюрчюн, кёз-къаш бермейин, уясына къонду. Алиса жерге тигелей башлайды, ол тынч иш болмады: боюну бутакъла арасында чырмаша, ол да тохтай – бутакъладан ычхындыра, аманны кебинден энишгерекге энгенди. Къоллары бла эринлери бир бирге жете башлагъанында, эки къолунда *сангырау къулакъдан* кезиу-кезиу, азчыкъ-азчыкъ къаба, бирде гитчерек бола, бирде абаданыракъ бола, кюреше кетип, алгъыннгы кебине жыйылды.

Унутаракъ болгъан сыфатына сейирсинеди. Алай болса да, кеси кесине юйюрсюнеди, кеси кеси бла бияғъыча ушакъ этип башлайды. «Эттген муратымы жартысын толтурдум! Бу тюрлениуле не сейирдиле, не тамашадыла! Кёз къакъгъынчы не тюрлю боллутъунгу билмейсе... Хата жокъду, бу бийиклигим кесими ёсюмюмдю. Энди манга ол терек бахчагъа къайтыргъа керекди. Анга уа *не амал?*» Кеси кеси бла даулаша ол гитче юйчюк болгъан талагъа чыгъады. Юйчюкню бийиклиги тёрт фут чакълы болур. «Анда ким жашай эсе да, манга *бу сыфатым* бла ары барыргъа жарамаз. Къоркъгъандан жанлары чыгъар!» *Сангырау къулакъны* хайырындан, ёсюмю тогъуз дюйм болгъунчу ол юйню къатына жууукъ бармады.

Бёлюм VI

Гизи бла чибижи

Бир кесекни сагъышлы сюелип юйге къарайды. Агъачдан чабып чыкъгъан эгет ол юйню эшигин хыны-хыны къакъды. (Аны эгет болгъаны кийимине кёре кёрюнеди, сыпатына кёре уа – тран чабакъды.) Анга эшикни ачхан да эгет кийимлиди – чырча кёзлю, тёгерекбет, макъа балачыкъ маталлы. Алиса экисини да башларында тытыр себилген, узун бурмалары бла жалгъан чачларын эслейди. Эшик артында сюелип, ушакъларына тынгылайды.

Эгет-Тран[12] къолтукъ тюбюнден, бир да бек уллу, бир къагъытны чыгъарады да Макъагъа узатады. «Герцогинягъа,» деди Эгет-Тран, сёзюне бийик магъана бере, «Бийчеден. Бешташ ойнаргъа чакъырады.» Макъачыкъ къагъытны алады да, – Эгет-Транча, – сёзюне бийик магъана бере: «Бийчеден. Герцогинягъа. Бешташ ойнаргъа чакъырады.»

Экиси да, иги да энишге ийилип, бир бирге баш ургъанда – бурмалары бир бирге чырмашдыла.

_____

12 _Эгет-Тран_: Эгет – лакей; Тран – лещ чабакъ.

Алисагъа аллай кюлкю къабынады, кюллюгюн тыялмай, – ала эшитмезча, – агъачха къачып кюледи; къайтып келип, терек артындан жашыртын къарагъанында – Эгет-Тран жокъ эди, Макъачыкъ а, босагъа жанында жерге олтуруп, телисине кёкге къарап турады.

Алиса, шошчукъ келип, эшикни къагъады.

«Къакъма,» деди эгет Макъачыкъ, «къакъгъанынгы эки жаны бла да магъанасы жокъду. Биринчиден – сен да, мен да эшикни бир жанындабыз. Экинчиден а – ала анда асыры дауур этгенден, сени бир киши эшитирик тюйюлдю.» Керти да, юйде аллай *дауур-къазауат* – ким къансыгъан, ким сынсыгъан, ким чючкюрген, ким ёкюрген, бир бирде уа зынгырдагъан тауш – табакъла ууатылгъанча.

«Къурманынг болайым,» деди Алиса, «мен бу юйге къалай кирейим?»

«Сен ары жанында болуп къакъсанг эди,» деди Макъачыкъ, Алисаны соргъанын къулакъгъа алмай, «сен ары жанында болуп къакъсанг эди, бизни арабызда эшик болса эди. Сен *анда* болуп, эшикни къакъсанг, мен да мында болуп, къакъгъанынгы эшитсем, мен эшикни ачар эдим да, сени тышына жиберир эдим.» Алиса былайгъа жанлагъанлы бери Макъачыкъ кёкге аралгъанлай турады. Алиса аны бек уллу асылсызлыкъгъа тергейди. «Ким биледи, терслик Макъачыкъда да болмаз, кёзлери тёппесинде эселе уа? Соргъаныма шатык жуап а берирге керек эди.» ойлады Алиса. «Къурманынг болайым, мен бу юйге къалай кирейим?» эшитдирип сорду Алиса.

«Былайда олтургъанлай турлукъма,» деди Макъачыкъ, «тамблагъа дери болса да...»

Эшик кенгине ачылады, бир уллу табакъ учуп келип, Макъачыкъны бурунуна аз учхара жетип, аны артында терекге тийип ууалады.

«...бюрсюкюннге дери болса да,» деди Макъачыкъ, бир жукъ да болмагъанча.

«Мен бу юйге къалай кирейим?» къатыракъ къайтарып сорду Алиса.

«Санга ары кирирге керекмиди?» Керек да болмаз эди, алай, Макъачыкъны сёзюн Алиса жаратмады.

«Жаныуарчыкъланы жанлары-тинлери – даулашхан, ушакълары бла акъылдан тайдырлыкъдыла.»

Макъачыкъ эски жырын айтханлай турады. «Ма былайда олтургъанлай турлукъма,» деди ол, «кюнден кюннге, айдан айгъа...»

«Мен а не этейим?» сорду Алиса.

«Жанынг ыразылай,» деди Макъачыкъ.

«Анга сёз къората тургъан, андан да мен тели!» деп ойлады да, Алиса эшикни кеси ачып кирди юйге.

Кенг юйде уллу къазанны эрини-буруну бла топпа толу къалжа къайнайды; юйню ичи асыры тютюнден бир бирни кёрген къыйынды; юйню ортасында хыбыж шинтикде олтуруп, Герцогиня къагъанакъны тебиретеди.

«Бу къалжада чибижи асыры кёпдю!» ойлады Алиса. Ойлагъан бла тохтамай, чючкюрюп башлайды. Чючкюргенин тохтаталмайды.

Къалай алай эсе да, хауада чибижи асыры кёп эди. Герцогиня окъуна анда-санда чючкюре эди, къагъанакъ а чючкюргени бла бирге хахайын да тохтатмайды. Жалан да къазаннга къарай тургъан къатынчыкъ бла бир бек уллу киштик, — от жагъада олтургъан киштик, ышаргъанлай тургъан киштик, — чючкюрмейдиле.

«Сизни киштигигиз былай ышаргъанлай *нек* турады?» Алиса арсар сорду. Кеси биринчи сёлешип башлагъанын терс-тюз этген эсе да, сорурун тыялмады.

«Дак,» деди Герцогиня, «бу Обур Киштикди – ма андан! Сен чочха балачыкъ!»

Герцогиня артда айтхан сёзлени огъурсузлугъу Алисаны тилин тутдурду. Алай, ол сёзле, анга айтылмай, къагъанакъгъа айтылгъанын терк сезеди да – таукел сёлешеди:

«Ышаргъан киштик боламыды, Обур Киштик боламыды?? кертисин айтханда, *бу затланы* мен, – кёрген угъай да, – айтып да эшитмегенме.»

«Сен кёп затланы кёрмегенсе. Сен кёп затланы эшитмегенсе. Анга сёз да жокъду,» деп, чорт юздюрдю Герцогиня.

«Мен быллай киштикни бир да кёрмегенме,» деди Алиса, ушакъ тапчыкъ баргъанына кирпилдей.

«Сен кёпню кёрмегенсе,» чорт юздюрдю Герцогиня. «Анга сёз жокъду.»

Алиса, Герцогиняны ат башындан сёлешгенин жаратмай, сёзню башха жанына бурургъа сагъыш эте тургъанынлай… Къазанда къалжа биширген шапа, – къазанны отдан алып юй тюпге салыр-салмаз, – зырафына сёз къоратмай, от жагъада къолуна тюшгенни Герцогиня бла къагъанакъгъа сызады: кюл алыучу къалакъ, от ышыргъан шиш, кесеу алгъан къысхач башларындан къъоюладыла; аланы ызларындан учдула табакъла, чырчала, чёмючле… Бир къауум затла башына-башына тийгенликге, Герцогиня кёз къакъмады; къагъанакъгъа да бир затла уа жетген эдиле, алай, – ачыгъанын-ачымагъанын ангыларча, – алгъыннгы къычырыгъына хазна хахай къошалмады.

«Сабыр бол, *къанынгы суууут,*» деп къычырды Алиса, къоркъгъандан ёрге-ёрге секире, «Ой, бурунума жетдирдинг! Жазыкъ бурунчугъум!» Къагъанакъны башын чачаргъа азчыкъ къалып, жаны бла бир уллу сай табакъ учуп кетди.

«Бир-бирле каклары болмагъан жерге къалакъларын сукъмасала эди, жер теркирек буруллукъ эди!» деди Герцогиня, хыр-хыр ауазы бла тырман эте.

«Алай *аламатха* къалмаз эдик,» деди Алиса, билимин кёргюзтюрге амал табылгъанына къууана, «кече бла кюн нечикле тюрленириклерин кёзюгюзге бир кёргюзтюгюз. Жер кесини тёгерегине хар жыйырма бла тёрт сагъатха бир кере бурулады...»

«Бурулады?» сагъышлы къатлады Герцогиня; къазанны оноуун эте тургъаннга айланып, «баш токъмагъын бур да, юз да, ол къазаннга ат!»

Алиса, къоркъаракъ болуп, кёз къыйыры бла къазан таба къарады. Герцогиня айтханнга къулакъ салынмады, Алисаны да сан этмеди, къалжаны булгъайды. *Баям* – жыйырма бла тёрт сагъат,» Алиса терен сагъышын тохтатмай тергейди, «огъесе – онэки сагъат?»

«*Башымы аурутма,*» деди Герцогиня, «чот эттен бла мен не заманда да хоча тюйюл эдим!» Герцогиня бешик жыр айта, бешикни тебиретип башлайды. Хар эжиу этилгени сайын, ачыуланып-къутуруп, бешикни къагъанакъ бла бирге силкиндиреди.

> *«Хар чючкюргени сайын*
> *Балагъызны тюйюгюз;*
> *Чючкюрсе сынар сыйынг,*
> *Тюе-тюе сюйюгюз!»*

> Эжиу
> (Эжиуте къагъанакъ бла къалжа биширген да
> къошуладыла)
> *«Уа! Уа! Уа!»*

Герцогиня, ачы къычыргъан къагъанакъны ёрге-ёрге быргъай, чырдыгъа жетдире, экинчи куплетни жырлайды, Алиса сёзлерин кючден ангылайды.

«Сабийи чючкюргенде
Хар ана да тюеди.
Чибижи ашар эди –
Ауз бир бек кюеди!»

Эжиу: –
«Уа! Уа! Уа!»

«Тут!» деп, билмей тургъанлай къычырып, Алисаны элгендирип, Герцогиня къагъанакъны анга быргъайды, «Сюйсенг тебирет-эркелет, сюйсенг этин шишлик эт. Жанынг ыразылай. Мен а, жасанып, бийче бла *бешташ* ойнаргъа барама. Пока-пока – къолунга тонгуз кака!»

Алиса къагъанакъны къолундан ычхындырыргъа аздан къалды. Аны сыфаты къалай эсе да бир тюрлюдю – къолу-аягъы, тенгиз жулдуз кибик, бирер жанына жайралыпдыла. Ол жазыкъны солууу кёрюк басхан кибик эди, тыпырдауу уа, тыпырдауу – тузлукъгъа тюшген къурт кибик; Алиса аны тутуп тыялмай кюрешеди.

Кюреше кетип, кесин анга къалай хорлатмазлыгъын ангылады: сол къолу бла аны онг къулагъын тутады, онг къолу бла сол аягъын тутады, айландыра-бура кетип – къара тюйюмчек этеди. Алай бла юйден тышына чыгъаралды.

«Мен муну былайдан алып кетмесем,» ойлайды Алиса, «бу жазыкъны эки-юч кюнден жутуп къоярыкъдыла. Мында къоюп кетген – мурдарлыкъдан башха тюйюлдю!» Алиса бу назмучукъну эшитдирип айтханда, къагъанакъ да, «хрю,» деди, ыразылыгъын билдирди (чючкюргени да тохтагъанды). «„Хрюуну" тохтат, оюмунгу башха тюрлюрек сездир!»

Къагъанакъ: «Хурт-хурт» этди. Къозутургъамы? Алиса аны бетине гурушха этип къарады. Буруну *чорт кесилип*, эки тешикчиги – розетка кибик. Кёзлери да бир бек гитчечикле, сабий кёзлеге ушамагъан. Къалай-алай десек да, Алиса муну сыпатына бюсюремеди. «Бош жилямсырагъан а болурму?» дей, Алиса кёзлерине къарайды, бир тамычы жилямукъ жокъду.

«Жаным-кёзюм, шуёхум,» жаз тилде деди Алиса, «сен чочхачыкъ болургъа ыразы эсенг, мен сени бла тенглик жюрютмейме. Жанынг ыразылай!» Жазыкъчыкъ жилямсырады (огъесе энтдамы сынайды!), былайдан ары тынгылап барадыла.

Юйюне къайтса, муну кимге берлигини сагъышын эте баргъанлай, алай хурт-хурт этип, алай элгендиреди Алисаны, алай элгендиреди! Бетине тюрслеп къараса – *ол а* гизи (гызы), керти да барып тохтагъан тонгуз бала! Алиса уа телими болгъанды бир чочхачыкъны кётюрюп айланырча? Жерге салыр-салмаз, кёз кёре тургъанлай, ол къагъанакъ гизи борбайлы кошт болуп, ойнакълап-жортуп кетгенине Алиса да къууанды.

«Бу уллу болса,» ойлайды Алиса, «аз эрши къабан болмаз. Кошт болгъан кезиучюкде уа бек хычыуунчукъду! Адамла да алайыракъ болурла: сабийликде мёлекчикле уллу тонгузла болуп да къаладыла.» Бу сагъышындан титиреп аязгъанында: арлакъда бутакъгъа къонуп тургъан Киштикни кёреди.

Алисаны эслеген Киштик, эснеген да этип, ышарып къояды. Обур Киштик тиш ышартханлыкъгъа, аны ол къадар жютю тишлерин, узун тырнакъларын кёрген аны дыгъылына къатылып ойнаргъа базынмаз.

«Кишиу, кишиу!» деди Алиса, жалынаракъ. Обур Киштик эрке сёзлеге къалай къарарыгъын Алиса алыкъа билмейди. Ол а бютюн да бегирек ышарды. «Хата жокъду,» ойлады Алиса, «ыразы болгъаннга ушайды.» Эшитдирип а былай сорду: «Къурманынг болайым, мен былайдан къалай ары барайым?»

«Къалай ары барыргъа сюесе?» деди Обур Киштик.

«Манга башха тюйюлдю…» деди Алиса.

«Алай эсе уа, къайры барсанг да башха тюйюлдю,» деди Обур Киштик.

«…*бир жерге* бир жетсем эди,» деди Алиса.

«Бир жерге уа бир жетерсе,» деди Обур Киштик, «иги кесек барыргъа керекди ансы.»

Керти сёзге гурушха этер амал болмагъаны себепли, Алиса ушакъны бирси жанына бурады. «Бу тийреледе кимле жашайдыла?»

«Ма *анда*,» онг какасы бла силдеди Обур Киштик, «Къалпакъчы жашайды. *Анда уа*,» сол какасы бла силдеди, «Къолан-Къоян. Къайсына барсанг да башха тюйюлдю. Экиси да сылхырла́дыла.»

«Телиле манга неге керекдиле?» деди Алиса.

«Сокъурла элине кирсенг – кёзлеринги къысып жюрю. Биз мында барыбыз да тюз акъыллы тюйюлбюз,» деди Обур Киштик, «сен да, мен да.»

«Мени акъылдан ажашханымы къайдан билесе?» деди Алиса.

«Акъылдан ажашмасанг,» деди Обур Киштик, «мында ажашып айланмаз эдинг!»

Обур Киштикни таурухуна Алиса терен ийнанмаса да, узун даулашха кирмей сорду: «Кесинг да акъылдан тайып тургъанынгы къайдан билесе?»

«Итледен башлайыкъ. Ит бек акъыллы жаныуарды. Анга сёз жокъду!» деди Обур Киштик.

«Болсун алай,» бойсунду Алиса.

«Ачыуланнган заманында ит хырылдагъан этеди, къубулгъан заманында уа – къуйрукъ ойнатады. Мен а, ыразы болгъан заманымда хырылдайма да, ачыулансам – къуйрукъ къымылдатама. Алай эсе уа, мен акъылдан тайып турама.» – деди Обур Киштик.

«Мени сартын, сен хырылдамайса, мурулдагъан этесе, мен алай сунама,» деди Алиса.

«Сен къалай сюйсенг да алай сун,» деди Обур Киштик, «магъанасы уа тюрленмейди. Бешташ ойнаргъа барамыса?»

«Бек сюйюп барлыкъ эдим,» деди Алиса, «алыкъа ары чакъырылмагъанма.»

«Алай эсе ингирде кёрюшюрбюз,» деди да, Обур Киштик думп болду.

Алиса алай бек да сейирсинмеди – бу мында бола тургъан тамашалагъа юйренчек бола башлагъанды. Биягъында Обур Киштик къонуп тургъан бутакъдан Алиса кёзюн алгъынчы, биягъы Киштик биягъы бутакъда кёрюндю.

«Унутуп барама, ол къагъанакъ сабий а не болду?» сорду Обур Киштик.

«Кёзюм кёрюп тургъанлай,» деди Алиса, «тюрлене-тюрлене келип – гизи болду. Жерге салгъанымлай кошт болду да, къуйрукъчугъун да тогъай буруп, жортду да кетди.»

«Алай боллугъун билип тура эдим,» деди да, Обур Киштик думп болду.

Алиса Киштикни къайтырын бир кесек сакълайды, ол келмегенден ары, Къолан Къоян жашагъан таба атланды. «Къалпакъчыны кёргенме,» деди кесини ичинден, «Къолан къоянны сайласам къолайыракъды, кеси да эс жыйгъан болур.» Былайда кёзлерин ёрге кётюргенде биягъы Киштикни хауада кёреди.

«„Тонгуз" баламы деген эдинг, „тогъуз" баламы деген эдинг?» сорду Обур Киштик.

«Гизи дегенме, Кошт, – дегенме, Кошт – „тонгуз" бала. Келгенингде, кетгенингде элгендирмей айланыр амал болса эди!..»

«Охо,» деди да Обур Киштик, бу жол аз-аз кетип башлады. Къуйругъуну къыйырындан къорап башлады да баш токъмагъына жетди, баш токъмагъы кетгенден сора да ышаргъаны хауада жюзгенлей кёп турду.

«Ма сейир – ма тамаша,» ойлады Алиса, «ышармагъан киштиклени кёп кёргенме, киштиксиз ышарыуну уа чыртдан да кёрмегенме.»

Арлакъгъа атлай баргъанлай Къолан-Къоянны юйчюгюн кёреди. Жангылыр амал жокъду – юйню башы къоян тюкден басылгъан кийиз бла жабылыпды, ожакъдан чыкъгъан эки быргъы къоян къулакълагъа ушайдыла. Юй Алисагъа асыры уллу кёрюнеди, ол себепден сол къолунда *сангырау къулакъдан* бир кесек ашайды да ёсюмю эки фут болурун сакълайды; юй таба къоркъаракъ бола атлайды. «Усу тутуп тура эсе уа?» ойлайды Алиса, «Къалпакъчыгъа барыргъа керек эди!»

Бёлюм VII

Телисине чай ичиу

Йню жанында терек тюбюнде къуралгъан столда Къолан-Къоян бла Къалпакъчы чай ичедиле; Кюлтыпыс-Баймакъ орталарында ёлюр жукъу этеди. Къалпакъчы бла Къолан-Къоян, — жастыкъгъа таяннган кибик, — анга таянып ушакъ этедиле. «Жазыкъ Кюлтыпыс,» ойлады Алиса, «аз къыйналмайды! Алай а, жукълап тура эсе, алай бек сан эте болмаз.»

Стол уллуду, чай ичгенле уа къыйырында бир мюйюшге къысылыпдыла. Алисаны эслегенлей къычырышдыла: «Жер жокъду! Жер жокъду!» — «Манга табыллыкъды, *манга эркинди жер,*» деген жууапны этди да, Алиса столну огъары жанында уллу тахтагъа эркин олтурду.

«Ич чагъыр!» деди кирпилдеген къоян, Къолан-Къоян.

Алиса столгъа къарады да, не шеша, не да рюмкала кёрмеди. «Сен айтханны мен кёрмейме,» деди Алиса.

«Эшта да! Болмагъан зат кёрюнмеучюдю,» деди Къолан-Къоян.

«Да сора сен манга болмагъан затны нек буюраса?» деп, къозуду Алиса, «„ол айыпды!“»

«Сен а, чакъырылмай келип, от башына къонуп нек къаласа? Ол а айып тюйюлмюдю?» деди Къолан-Къоян.

«Бу стол къуру сизники болгъанын билмегенме, чёмюч-къашыкъ иги да асламды,» деди Алиса.

«Асыры чырпабаш болгъанса!» деди Къалпакъчы. Эндиге дери сёз айтмай, Алисаны юсюне-башына къарап, багъа бичип тургъанды, «„Бир кесек къыркъылса уллу хата болмаз эди.“»

«Баш мениди, башымы оноуун кесим этерме!» хыны айтды Алиса.

Къалпакъчы кёзлерин кенг ачды, къайтарып айтыр сёз а табалмады. Ахырында: «Къундузну къузгъуннга неси ушайды?» деп сорду.

«Ма алай-алай,» ойлады Алиса, «элберле айтып ойнасакъ игиди. Мени сартын къундузну къузгъуннга неси ушагъанын айталлыкъма,» деди Алиса эшитдирип.

«Сени сартын къундузну къузгъуннга неси ушагъанын айталлыкъмы сунаса?» сорду Къолан-Къоян.

«Тюппе-тюз ма алай сунама,» деди Алиса.

«Да аны айтсанг а, жашырып нек тураса?» деди Къолан-Къоян, «эсинге тюшгенни айтыргъа керекди, жашырмай.»

«Мен да ма алай этеме, алай этеме мен да,» деди Алиса, «ёзге болмаса да, айтханымы хар заманда да тергеп айтама… алай а – эки жаны да бир магъананы тутады…»

«Угъай, эки жаны да бир магъананы тутмайды,» дейди Къалпакъчы, «иш алайгъа кетсе: „Ашагъанымы кёреме,“ дегенинг бла, „Кёргеними ашайма,“ дегенинг бир магъананы тутады деп да къоярса.»

Къолан-Къоян сёзге къошулду да: «„Тапханымы сюеме, сюйгеними табама“, – деген да бир магъананы тутадыла, – деп да айтырса!»

«Сен дагъы да айтыргъа болурса: „Жукълагъан заманымда – солуйма, солугъан заманымда – жукълайма,“ деген бир магъананы тутадыла, деп,» деди, кёзлерин да ачмай, мыртыскы болуп тургъан Кюлтыпыс-Баймакъ.

«Кимге къалай эсе да, санга уа бир башхалыгъы жокъду!» деди да Къалпакъчы, даулаш аны бла тохтады. Бир ауукъну сёлешмей турдула. Алиса къузгъун бла къундуз не болгъанларын эсине тюшюралмай кюрешеди.

Биринчиден Къалпакъчы сёлешди: «Бюгюн не кюндю?» Алисагъа бурула, хуржунундан чыгъаргъан сагъатына тюрслеп къарады, силкиндирди да къулагъына салып тынгылады.

Алиса сагъыш этип: «Тёртюсю.»

«Эки кюннге кеч къалады,» ахтынды Къалпакъчы, «айтхан эдим да, „сары жау жагъаргъа жарамайды“!»

«*Жангы чайкъагъан* жау эди,» дерге кюрешди Къолан-Къоян.

«Гыржын бурхула тюшген болурла,» мурулдады Къалпакъчы, «гыржын кесген бичакъ бла жакъмазгъа керек эди.»

Къолан-Къоян сагъатны алады, тёгерегине къарайды, чёмючде чайгъа сугъады да, чыгъарып дагъы да къарайды. «Бу Баймакъ ёлмесин, *жаппа-жангы чайкъагъан жау* эди.»

Алиса Къалпакъчыны имбашы бла къарайды да, тамаша сагъатха сейирсинеди: ол „сагъат" сагъат марданы кёргюзтмей, кюнлени кёргюзтеди.

«Аны не сейирлиги барды,» деди Къалпакъчы, «сени сагъатынг жылланымы кёргюзтеди?»

«Айхай да угъай, жыл асыры узакъгъа созулады.»

«*Менде* да ма тюз алай,» деди Къалпакъчы.

Алиса жунчуйду. Къалпакъчыны хар сёзю бирем-бирем шатык болгъанлыкъгъа, бир бири ызындан тизилселе – магъаналары думп болуп кетедиле. «Сенде уа ма тюз къалай?» сорду Алиса.

«Биягъы Кюлтыпыс а жукълайды!» деди да, Къалпакъчы Кюлтыпыс-Баймакъны бурунуна исси чай бюркдю.

Кюлтыпыс-Баймакъ, – бу масхара оюнну онгсунмай, – башын чайкъады да, кёзюн ачмай айтды: «Менде да ма тюз алай...»

«Элберни билдингми?» сорду Къалпакъчы, Алисагъа бурула.

«Угъай,» деди Алиса, «боюнум къылдан иничге, кесинг айт да къой.»

«Билсем а,» деди Къалпакъчы.

«Мен да билмейме,» деди Къолан-Къоян.

Алиса ахтынды. «Ишигиз жокъ эсе,» деди ол, ачыуун тыялмай, «кесигиз да билмеген элберлени даулап турмай, *заманны жоймай*, бир магъаналы иш бла булжусагъыз а!»

«Сен Заманны, мен билгенча, алай иги билсенг эди,» деди Къалпакъчы, «бу затланы айтмаз эдинг. *Аны* жояллыкъ тюйюлсе! Бошунакъгъа къыйналма!»

«Ангыламайма,» деди Алиса.

«Эшта да!» къыйыкъ къарап, башын силкиндирди Къалпакъчы, «баям сен *аны* бла бир Заманда да кенгешмегенсе!»

«Кенгешген да болмам, алай а,» сакъ айтды Алиса, «*заманны* къалай оздурургъа, къалай *жояргъа* билмей, кёп сагъыш этгенме!»

«А–а! Ангыладым,» деди Къалпакъчы, «*жояргъа?* Ёлтюрюрге! Жоюлургъа-ёлюрге уа унамаз! Сен аны бла сёз болмасанг, кёп затны тилерге боллукъ эдинг. Сёз ючюн, бусагъатда сагъат тогъузду – дерсге барыргъа керексе. Сен а Заманны къулагъына шыбырдадынг да – сагъат чапханын бузмагъанлай барды да – экини жарымында тохтады – тюш азыкъ ашар заман!”»

(Къолан-Къоян, тили бла эринлерин жалай: «Ол а не иги эди!»)

«Игиден да иги, аламат!..» тергеулю айтды Алиса, «ач болургъа жетишаллыкъ тюйюлме ансы.»

«Аны чыртдан да бир жарсыуу жокъду, кесинг ач болгъунчугъа дери, – къаллай бир сюйсенг да, – сагъатны экини жарымында тохтат да тур!» деди Къалпакъчы.

«Сен алаймы *этиучюсе?*» сорду Алиса.

„Адан сора не керекди
Экибизге бу дунияда!“»

Къалпакъчы башын мудах чайкъады. «Не медет,» деди ол, «мен аны бла март айда сёз болгъанма, тамам *ма бу* къолан болурну аллында (чай къашыкъчыкъ бла Къолан-Къоянны кёргюзтдю). Бийче уллу той эте эди, мен анда жырларгъа керек эдим.

„*Сен да, мен да жашайбыз*
Бир бирибизге къууана!“

Сен бу жырны билемисе?»

«Эшитмей а? Аны Ахмат манга эттенди!» деди Алиса.

«Андан ары уа былайды,» жырлайды Къалпакъчы,

Былайда Кюлтыпыс-Баймакъ уянады да, къычыралгъаныча къычырып, жырлап башлайды: «*Сен да, сен да, сен да*» Кюлтыпыс-Баймакъ кесини кючю бла ауузун жабалмайды, ауазын тыялмайды. Къолан-Къоян бла Къалпакъчы эки жанындан чимдип тохтатдыла Кюлтыпыс-Баймакъны.

«Мен биринчи куплетни бошар-бошамаз, ким эсе да: „Заманны ёлтюрюрге сыгъынады ансы, андан эсе тынгылап турса иги эди!“ деди; бийче, аны эшитгенлей, алай къычырыкъ этди, алай къычырды: „Заманны ёлтюрюрге! Бу мурдар заманны жояргъа кюрешеди! Башын чартлатыгъыз аны!“»

«Тамаша зарауатлыкъ!» деди Алиса.

«Башымы алайда къоярыкъ киши мен да тюйюл эдим, алай, ол кюнден бери Заман манга арт бургъанды, мени ючюн бармакъны бармакъгъа тийирлик тюйюлдю! Сагъат да алтыдан ары-бери тепмегенлей турады...»

Былайда бола тургъан ишлени Алиса энди толу ангылады: «Сора сизде къуру да сагъат алтылай турады, – чай ичер Заман, – сиз да чай ичгенлей турасыз?»

«Биз да чай ичгенлей турабыз,» ахтынып айтды Къалпакъчы, «мында къуру да чай ичген заманды, чёмюч чайкъар Заман окъуна жетишмейди!»

«Баям, столну тёгерегинде, бир шинтикден жанында шинтикге кёчгенлей турасыз?» деди Алиса.

«Саппа-сау бол да къал,» деди Къалпакъчы, «бир чёмюч чай ичгенлей экинчисине узалабыз.»

«Биягъы аллына жетсегиз а не боллукъду?» соругъа базынды Алиса.

«Бир башха ушакъгъа кёчсек сиз къалай къарар эдигиз?» деди да Къоян-Къоян, тынгылы эснеди, «къонакъ къызыбыз да бизге бир жомакъ айтсын.»

«Мен кёп жомакъ билмейме, билгенлерими да унутаракъма,» деди Алиса, аз къоркъаракъ да болуп.

«Алай эсе Кюлтыпыс-Баймакъ айтсын хапар,» деп къычырдыла Къалпакъчы бла Къоян-Къоян, «Кюлтыпыс, уян!»

Кюлтыпыс-Баймакъ кёзлерин акъыртын ачады. «Кимди жукълагъан,» деди Кюлтыпыс жукъусурагъан ауаз бла, «битеу айтханыгъызны эшитип тургъанма.»

«Жомакъ айт!» деп даулады Къоян-Къоян.

«Мен да тилейме, тилейме-тилейме, айт!» деп, Алиса да къошулду.

«Терк айт,» деди Къалпакъчы, «биягъы сени жукъу басхынчы!»

«Эртте-эртте юч эгеч жашап болгъандыла,» терк айтып башлады Кюлтыпыс-Баймакъ: «Акъыл, Асыл, Адеп; жашаулары уа терен къуюну тюбюнде эди...»

«Не ашап жашай эдиле?» сорду Алиса, адамла не ичип, не ашап, къалай жашап тургъанларын хар заманда да билирге сюйген Алиса.

«Жуууурт,» деди, бир кесек да мычып, Кюлтыпыс-Баймакъ.

«Хар заманда да жуууурт, къуру жуууурт??» сейирсинди Алиса, «ала аурурукъдула.»

«Аурудула,» деди Кюлтыпыс-Баймакъ, *«къыйын аурудула.»*

Алиса, не бек кюрешсе да, ангылаялмайды – жуууртдан башха зат бла ауузланмай не жашау этер умутлары бар эди: «Къуюну тюбюнде уа нек жашай эдиле?»

«Энтда да бир чай нек ичмейсе?» Алисагъа айлана, кёлю бла сорду Къолан-Къоян.

«Энтдамы?!» – ёпкелеп сорду Алиса – «Энтда да бирге дери ненча ичиргенсе?»

«Сен айтханнга кёре, аны аз да чай ичериги келмейди: кёпню ичген азны ичгенден кёп да женгилди,» деди Къалпакъчы, «аздан аз бола барса, тилинге тиер тамычы да къалмаз.»

«Аны *сенден* киши сормайды,» деди Алиса.

«Энди уа кимди асылсыз сёлешген?» сорду, дертин ала, къууанч тыпырлы Къалпакъчы.

Алиса анга жууап къайтаралмады. Кесине чай къуйду, гыржыннга жау жакъды, Кюлтыпыс-Баймакъгъа бурулду да, энтда да сорду: «Къую тюбюнде нек жашай эдиле?»

Кюлтыпыс-Баймакъ энтда да сагъышха киреди да, айтады: «Къуюда жууурт болгъаны ючюн.»

«Къуюда жууурт болмаучуду!» ачыуланды Алиса. Алай, Къалпакъчы бла Къолан-Къоян анга къайырылдыла-жекирдиле, кекирдиле-секирдиле; Кюлтыпыс-Баймакъ да къаш тюйюп мурулдады. «Тынгылай билмей эсенг, андан арысын кесинг айт!»

«Кечгинлик, къурманынг болайым, энди ауузунга чапмам. Къайда эсе да бирде аллай *бир* къую болургъа да болур.»

Алисаны: „Къайда эсе да бирде," деп, ышанмагъанын онгсунмаса да, Кюлтыпыс-Баймакъ хапарны андан ары бардырады:

«Ийнек тюбюне чёкмеген, жуккасындан тартмагъан эрке эгешчикле *башы алынмагъан* жуууртда зауукъ этедиле.»

«*Башлары алынмагъан*, эрке эгешчикле?» къайтарып сорду Алиса.

«Сени башынгы алыргъа керек эди,» деди Къалпакъчы, «манга таза чёмюч керекди, олтургъан жерибизден тебейик.»

Къалпакъчы къатында шинтикге кёчдю. Кюлтыпыс аны жерине олтурду, Къолан-Къоян – Кюлтыпысны шинтигине, Алиса уа, – не бек онгсунмаса да, – Къолан-Къоянны жерине чёкдю. Шинтик алышыуда Къалпакъчыдан къалгъанла хайыр кёрмедиле; Алисагъа уа артыкъ заран келди – Къолан-Къоян бусагъатда кесини табагъына кюл орунну къаплагъанды.

Алиса, Кюлтыпысны жанына тиймезча, сакъ сорду: «Мен ангылаялмайма… Ала анда къалай жашай эдиле?»

«Анда ангыламазча не сейирлик барды,» деди Къалпакъчы, «жашайдыла да чабакъла сууда. Бу эгешчикле уа жууууртда жюзедиле! Ангыладынгмы, теликайчыкъ?»

Алиса, Къалпакъчыны тырманын эшитмеген кибик этип, Кюлтыпысдан энтда да сорду: «Ала анда къалай жашай эдиле?»

«Ала *николай* къызла[13] эдиле.»

Жазыкъ Алиса бу сейир жууапдан жунчуду да, жукъ айталмады.

«Ала алай жашайдыла,» энтда да деди Кюлтыпыс, «ийнек тюбюне чёкмегенле, жуккасындан тартмагъанла – жууууртда жюзедиле, чагъып айран этедиле, айраннга суу къошадыла, акъсуу этедиле – Акъ-Суучула аладыла. Сурат ишлерге отдула, алагъа тенг жокъдула. Жанлары бла тинлери „М“ харф бла башланнган сёз.»

«„М“ харф бла уа нек?» сорду Алиса.

«„М“ харф бла уа дак!» деди Къолан-Къоян.

Алиса даулашмады да, бир кесекден айтды:

---

13 Николай патчах тахтадан тайгъанлыкъгъа, аны заманында туугъан къызла *николай* къызла эдиле.

Кюлтыпыс-Баймакъ кёзлерин жумду да, жукъуда уюду. Къалпакъчы чимдиди да, сынсытып уятды. «...„М" харф бла башланнган сёзлени суратларын жазадыла: Мокъаны, макъаны, молланы, малланы, мурулдауну... Сен бир заманда кёргенмисе мурулдауну суратын?».

«Билмейме...».

«Билмей эсенг – тынгылап тур,» деп, Къалпакъчы Алисаны сёзюн юздюрдю.

Аллай асылсызлыкъгъа Алисаны чыдар амалы жокъду: сёз да айтмай къопду да, алайдан башын алып кетди. Кюлтыпыс-Баймакъ кёз къакъгъынчы жукъылады, Къолан-Къоян бла Къалпакъчы сан этмедиле. Бурулуп артха къарагъанында: Кюлтыпыс-Баймакъны чайникге сугъа тургъанларын кёрдю да – къачалгъаныча къачды.

«Энди ол ташха мени ёмюрюмде аягъым басмаз!» Алиса кеси кеси бла даулаша орманда барады. «Быллай сылхырланы былай телисине чай ичип ёмюрюмде кёрмегенме!»

Орманны жырып бара тургъанынлай бир терекде эшикчик кёреди. «Не сейирди!» ойлады Алиса, «алай, бюгюн хар не да тамашады-къужурду. Бери да бир кирейим.» Ол эшикчикге кирди.

Биягъы узун зал, мияла тепсини юсюнде биягъы алтын ачхышчыкъ. «Энди алай теличик болмам,» деди кеси кесине. Ачхышчыкъны алады, баугъа[14] баргъан эшикчикни ачады. *Сангырау къулакъны* кесеклерин хуржунундан чыгъарып, ёсюмю бир фут болгъунчу, кезиу-кезиу къабады. *Ахырында* ол эшикчик бла кирип ариу гюллени, шорха суучукъланы араларына тюшеди.

---

14 *Бау* – терек бахча, сад. (Жангыз терек бау болмаз. Нарт сёз.)

Бёлюм VIII

Крекет – Бийче оюн

Баугъа кирген жерде уллу гюл кёкен ёседи – кёкенни гюллери акъладыла, алайда уа ючеулен ол акъ гюллени къызылгъа къыстау бояйдыла. Алиса, аланы эттен ишлерине сейирсинип, къатларына жууугъуракъ жанлайды. Къатларына баргъанынлай аланы бирлери нёгерине айтханын эшитеди. «Сакъ бол, Бешча! Биягъы сен юсюме чачдырдынг!»

«Мен терс тюйюлме,» мурулдады Бешча, «Жетича жингиригимден тюртгенди!»

Жетича анга къарады да: «Аперим, Бешча! Хар заманда да айыбынгы башхалагъа жагъа тур!» деди.

«Сен а тауушунгу чыгъарма,» деди Бешча, «мен тюнене эки къулагъым бла эшитгенме: „Сени башынгы эртте кесерге керек эди!“ – дегенин Бийчени.»

«Не зат ючюн?» сорду биринчи бахчачы.

«Экича, *сени* аны бла чыртдан да ишинг жокъду!» деп юздюрдю Жетича.

«Угъай, *барды*, не зат ючюн болгъанын анга да айтырыкъма! Аш-суу бла кюрешген шапа: „Салта келтир“

80

дегенинде, сен анга балта элттенсе. Бийче уа: „Ол балта бла башынгы чартлатыргъа керекди!" дегенди.»

Жетича, ол ачыуу-чочууу бла, къолунда къыл буштукъну кери быргъады. «Билемисиз, быллай артыкълыкъны кёргенмисиз…» Алисаны эслейди да, тили тутулады. Бирси экиси да артха бурулуп кёредиле. Ючюсю да баш уруп энишге ийиледиле.

«Гюллени нек бояйсыз?» арсар бола сорду Алиса.

Бешча бла Жетича Экичагъа къарадыла; ол а, тёгерегине къарады да, шыбырдап айтды: «Ангыламыса, эгечим, былайда *къызыл* гюлле орнатыргъа керек эди, бизни телиле уа акъланы салгъандыла. Бийче аны билсе – башларыбызны чартлатырыкъды. Ол келгинчи кюрешебиз дыгалас этип…» Гюл бахчаны, гюл бауну теренине къарап тургъан Бешча: «Бийче! Бийче!» деп къычырды.

Бахчачыла баштёбен аууп бауурландыла. Атлагъан тауушла эшитилдиле. Алиса бурулуп къарады – Бийчени кёрюрге дыгаласды.

Алларында он аскерчи, къолларында сюнгюлери ёрге айланып; ала ол бауурланып тургъан бахчачылагъа байтамал ушайдыла – жассы жукъала, тёртгюлле, мюйюшлеринде аякълары-къоллары. Аны ызындан патчахны тохана ахлуларындан да онаулан атлайды; кийимлеринде жор накъышлы оюлары, баргъанлары уа экеу-экеу – аскерчилеча. Тоханачыланы ызларындан патчахны сабийлери жортадыла, кийимлеринде алтын окъа бла тигилген жюрекчикле омакъланадыла; сабийле да он эдиле; мёлекчикле кибик, – бир бири къолчукъларындан тутуп, – ёрге-ёрге секире, чика-чика эте барадыла. Аланы ызларындан – къонакъла, асламысы патчахла, патчахланы бийчелери. Акъ-Къоян да анда эди; типискиге къалып, терк-терк сёлеше, хар кимге да ышарады. Алисаны эслемей жаны бла озгъанды. Къонакъланы ызларында Трам Улан барады, къып-къызыл ала жастыкъчыкъны элтеди, жастыкъчыкъны юсюнде – таж! Саф-саф болуп баргъанланы ызларындан а – ТРАМ ПАТЧАХ БЛА БИЙЧЕСИ.

Алиса экили болду: бу аламат сатыр болуп келгенлени алларында сюелгенлейми къалсын, огъесе, бирсилеча, табынып бауурлансымы? Быллай кезиуде къаллай адет-тёре болгъандан да хапары жокъду. Саф-саф болуп баргъандан, сатыр-сатыр тизилгенден не магъана, алларында тюбегенле бауурланып, бетлерин топуракъда букъдуруп: омакъланып баргъанларын кёрлюк тюйюл эселе... Алиса ёретин сюелгенлей къалады.

Келгенле Алисагъа жууукълашханлай тохтайдыла да, барысы да анга аралып къаладыла, сур бетли Бийче уа: «Кимди бу?» Трам Уланнга сора эди, Трам Улан а ышарып, баш уруп къояды.

«Сылхыр!» деди, къозугъанын жашырмагъан Бийче. Артда Алисагъа бурулуп сорду: «Сени атынг къалайды, балачыкъ?»

«Намысынг тёппемде болсун, мени атым Алисады,» деди Алиса. Ичинден а былай айтып къошду: «Аталарыны аман кёзюне! Мен быланы, – кёзюр ойнагъан картланы, – нелеринден къоркъурукъма?»

«*Была уа* кимледиле?» сорду Бийче, кёкенни тёгерегинде бауурланып жатхан бахчачыланы кёргюзте. Бауурланып жатханлары ючюн, бетлери кёрюнмейдиле, кёлеклери уа, – бир топда болгъан карталаны, – бирчадыла; кёлеклери бирча болгъаны ючюн, кимле болгъанларын Бийче билялмайды, бахчачыламыдыла, кесини ахлуларымыдыла, сабийлери окъуна болурла.

«Мен къайдан билейим?» деди Алиса, кесини оспар сёлешгенине сейирсине, «*мени* ала бла чыртдан да ишим жокъду.»

Бийчени бети тюрленди, кёзлери къутургъан жаныуарныча жылтырадыла, къычыралгъаныча къычырды: «Юздюрюгюз муну башын! Чартлатыгъыз…»

«Сен ёлмегин!» деп къычырды Алиса, Бийчени басынчакълай. Бийче шошайды.

Патчах а аны имбашына къолун къоркъа-къоркъа салды да: «Сабыр бол, жаным-кёзюм! Ол бир къагъанакъ сабийди!» деди.

Бийче, – бурун сюеклерин тургъузуп, – Патчахха сыртын бурду да, Трам-Уланнга буюрду: «Аланы бетлерин ёрге айландыр!»

Трам-Улан чурукъ буруну бла гюл бахчачыланы бетлерин сакъ-сакъ ёрге-ёрге айландырды.

«Шиш туругъуз!» хахайлады Бийче. Бахчачыла секирип турдула да баш уруп башладыла: Бийчеге, Патчахха, аланы сабийлерине…

«Тохтагъыз, бусагъатдан тохтагъыз,» сынсыды Бийче, «сизни баш ургъаныгъыз мени башымы чача турады!» Гюл кёкеннге кёз жетдирип сорду: «Бу *эте тургъаныгъыз* неди?»

«Сен ёлмегин, Бийче,» бир тобугъуна жалынчакълы чёгелей башлады Экичá, «биз сени…»

«Болду. *Билдим!*» деди Бийче, гюллеге тюрслеп къарай, «башларын чартлатыгъыз!» Саф-саф баргъанла, – юч аскерчиден къалгъанлары, – жолларына кетдиле. Жазыкъ бахчачыла Алисагъа къысылдыла.

«Къоркъмагъыз,» деди Алиса, «мен сизни жойдурмам». Алиса аланы гюл къошунчукъда букъдурады. Аскерчиле тёгерекге къарадыла, изледиле, тапмагъанлай кетдиле.

«Башларын кесдигизми?» деп къычырды Бийче.

«Ала башсызла эдиле, Сизни Уллулугъуз!» деп, юч аскерчи да бирден къычырдыла.

«Аламат, аламат!» сынсыды Бийче, «энди крокет ойнайыкъ!»

Аскерчиле Алисагъа къарадыла, баям, Бийче Алисаны чакъыра болур эди.

«Ойнайыкъ!» Алиса да къычырды.

«Алай эсе кетдик!» ёкюрдю Бийче. Алиса, артына-аллына къарамай, муну ахыры не бла бошаллыгъын кеси кесинден сормай, ол басыннган къонакъланы орталарына кириди.

«Къалай... къалай чууакъ кюндю бюгюн, алайды да!» деди ким эсе да, тартына-тартына. Алиса ол ауазгъа бурулуп къарагъанында, ол а – жанында келе тургъан Акъ Къоян.

«Хау, бек ариу кюндю,» деди Алиса, «Герцогиня уа къайдады?»

«Ш-ш-ш,» тёгерегине къоркъуулу къарай, аякъ бурунларында кётюрюле, Акъ Къоян Алисаны къулагъына шыбырдады: Тутулуп турады.»

«Нек?»

«Жарсыпмы сордунг?»

«„Нек?" дегенме, мен анга нек жарсыргъа керекме?»

«Бийче бла бешташ ойнай тургъанлай, Бийче харамлыкъ этеди, Герцогиня аны жаякъларын къыздырады.» Алиса, – кюллюгюн тыялмай, – пырх-чырх этди. «Кюлме,» элгенди Акъ Къоян, «эшитдиресе! Герцогиня кеч къалгъанды, Бийче уа оноу этеди...»

«Барыгъыз да жерлеригизни табыгъыз!» кюкюреп къычырды Бийче. Чабышдыла, тюртюшдюле, сюрюшдюле, абындыла. Кёз къакъгъынчы барысы да жерлеринде сюелдиле, табылдыла. Оюн башланды.

Алиса ёмюрюнде да кёрмегенди крокет ойнаргъа быллай чунгурлу-дуппурлу, узунуна-сёдегейине-кёнделенине чучхулгъан майданчыкъны. Топчукълары – кирпичикле, чёгючлери – фламинго, къабакълары – аскерчиле, аякъларын кенгнге жайралтып.

Алгъадан окъуна Алиса фламинго бла кёп кюрешди: баш тёбен айландырып, аякъларын артха буруп, къолтукъ тюбюне сугъуп, кирпини марап урургъа башлагъанлай... фламинго уа, боюнун *бери буруп*, сейирсинип, кёзюне *къарагъанлай* – Алисагъа кюлкю къабынады; Алиса, жангылтындан кюреше кетип, фламингону баштёбен айландырып, урургъа керилип къараса...кирпичик а – жокъ, жёбеледи да кетди. Адыргы чартлатхан кирпилери да барып, алагъа этилген уручукъгъа тюшмей, телисине чучхулгъан чунгурлагъа тюшедиле. Аскерчиле да, сюелип турлукъ жерлеринден кетип, майданчыкъны бирси къыйырында тохтайдыла. Къысхасын айтханда, бу бек къыйын оюн болгъанын Алиса ишексиз ангылады.

Ойнагъанла, хар ким кесини кезиуюн сакъламай, барысы да бирден урадыла; кирпилени юлешалмай даулашхандыла-тюйюшедиле; къутургъан Бийче бирде «Аны башын кесерге!», бирде «Чартлатыгъыз муну башын!» къычырады.

Алиса тынгысыз болады; кертиди, ол алыкъа Бийче бла даулашха кирмегенди, ахыры не бла бошаллыгъын да билмейди. «Кезиу манга да жетер,» ойлайды Алиса, «мында башла чартлатхан къурмач чартлагъандан башха тюйюл-дю.»

Эндиге дери барысы да къырылып бошалмагъаны сейир кёрюнеди! Былайдан сансыз сылжырар амал излей тургъанлай, кёкде ол ангыламагъан бир зат эсленеди... эсленеди... эснейди... ышарады... «Обур Киштик! Аламат! Башха хайыры болмаса да – сёз нёгер болур!» Алиса кёлюнден къууанды.

Ауузу хауада шатык кёрюннгенлей: «Къалайды къолай?» деди Обур Киштик.

Кёзлери кёрюннгюнчю сакълады да, Алиса да кёз-къаш берди. «Бусагъатда сёз къоратхандан магъана жокъду,» ойлады Алиса, «къулакълары кёрюннгюнчю сакълайым.» Бир такъыйкъадан баш токъмагъы саулай чыкъды; Алиса фламингону жиберди да, сёз нёгер табылгъанына къууана, хапарын айтып башлады. Обур Киштик: «Баш токъмагъым да жетерикди!» деген акъыл бла болур, саулай кёрюнмеди.

«Ойнай билмейдиле,» деди Алиса, «билгенлери да харам-лыкъ этедиле. Бир тюрлю бир тюзлюк жокъду. Къычырыкъ-лары кёкге жетеди, бир бирлерин а эшитмейдиле. Оюн кереклени орунуна жанлары саула бла ойнагъанны къы-йынлыгъын айтып ангылаталмам. Сёз ючюн, мен бусагъатда ётерик *къабакъ эшикчик* майданчыкъны ары жанына кетгенди! Бийчени кирписине керилгенимлей, –

мени *кирпими* кёрдю да, – *кирпик* къакъгъынчы къачып кетди!»

«Бийчени жаратамыса? шыбырдап сорду Киштик.

«Чыртдан да жаратмайма,» деди Алиса, «ол алай...» Бу кезиучюкде тынгылап тургъан Бийчени тылпыуун желкеси бла сезеди. «...иги ойнайды, алай аламат ойнайды, къарап-къарагъынчы хорлап къояды.»

Бийче ышара-ышара кетеди.

«Сен ким бла сёлешесе?» деди Патчах Алисагъа, хауада кеси аллына тагъылып жюзген баш токъмакъгъа къарай.

«Ол мени шуёхумду, Обур Киштик,» деди Алиса, «эркин этсенг – таныщдырайым...»

«Мен аны чыртдан да жаратмайма, хо да, этсин къолуму уппа, алай бек сюе эсе,» деди Патчах.

«Артыкъ бек да кюсемейме,» деди Киштик.

«Оспар сёлешме, манга алай озгъур къарама,» деп, мурулдады да Патчах, Алисаны аркъасына букъду.

«Киштиклеге патчахха къараргъа жарайды, мен аны къайда эсе да окъугъанма,» деди Алиса, «къайда окъугъа-нымы унутуп турама ансы.»

«Угъай, аны жояргъа керекди,» деди Патчах, «мен алай буюрама!» Арлакъда озуп баргъан Бийчеге къычырды: «Жан тамырым, ол киштикни алайдан кетерт!»

Бийчени сёзю уа бирди – бурулуп да къарамай: «Чартла-тыгъыз башын!» деп къычырды.

«Жалдатны мен кесим келтирликме!» къууанч тыпырлы Патчах жортуп кетди.

Биягъы Бийчени къычырыкъ-хахайын Алиса узакъдан эшитеди; не болгъанын билирге ары барады. Терс ойнагъан ючеуленни башларын кесерге буюргъанын алгъаракъда эшиттенди. Былайда бола тургъан *къара къалжагъа* бюсю-ремейди: кимге не керекни ангыламайды, ала кеслери да билмейдиле. Алайдан кесини кирписин чучхулгъан чунгур-лада излей кетеди.

Узакъ бармай кирписин табады – ол бир башха кирпи бла тюйюше тура эди. Экисин да бирден урургъа бек байтамал кезиудю, алай, – не медет, – Алисаны фламингосу узакъда тереклеге ташайып, аланы бирине ёрлерге кюреше турады. Алиса аны кючден-бутдан тутуп келгенинде, кирпиле, – тюйюшген да, жарашхан да этип, – бирер жанына кетипдиле. «Кетселе кетсинле,» ойлады Алиса, «„къабакъчыкъла" да бирер жанына чачылгъандыла.» Фламингону къолтукъ тюбюне уруп, – биягъы къачып кетмезча, – Обур Киштикге келди – бир кесек ушакъ этерге.

Киштикни башы хауада чайкъала тургъан жерге келсе, жамауат алайгъа жыйылгъанны кёрюп сейирсинеди. Жалдат, Патчах, Бийче – терлегенлери барып даулашадыла; бири къычыргъанны бири эшитмейди, бирсиле – сёзге къошулургъа базынмай – гюрен сюелип тынгылайдыла. Алисаны кёргенлей, ючюсю да ортагъа аладыла, *терсни-тюзню* сорадыла.

Жалдат айтханнга кёре, башны тёммеги жокъ эсе – кесер амал да жокъду!

Патчах айтханнга кёре, баш бар эсе – кесер амал да болургъа керекди!

Бийче айтханнга кёре, хапардан хынкял ахшы, жаншагъандан ары иш теберик тюйюл эсе – барысыны да башларын мычымай тайдыртырыкъды! (Бийчени сёзюн эшиттен жамауат мудах сагъышда уюду.)

Алиса айтды: «Киштикни иеси Герцогиняды. *Аны* бла келиширге керекди.»

«Ол тутмакъдады,» деди Бийче, жалдатха бурулду да, «бери терк келтир!» Жалдат мукъут болуп кетгенлей, баш токъмакъ хауада эрип башлайды.

Герцогиня келгенде баш токъмакъ кёрюнмей эди. Патчах бла жалдат, – *аны* излей, – кёкге аралып къалдыла, къонакъла уа оюнну жангыдан башладыла.

Бёлюм IX

Танабаш Таш Макъаны хапары

«Ах, кёз жарыгъым, айтып айталлыкъ тюйюлме мен сени кёргениме нечик къууаннганымы!» деди Герцогиня балдан татлы ауаз бла; Алисаны къолтукъ тюбюнден тутду да бир жанлыракъ элтди.

Алиса Герцогиняны былай ариу тилли болгъанына чексиз сейирсинди. Баям, аны биринчи кере кёргенинде, хауада чибижи къутурта болур эди.

«Мен Герцогиня болсам,» (хазна умут этмей) ойлады Алиса, «чибижини чыртдан да жюрютюрюк тюйюлме. Шорпа алайсыз да татыулуду! Чибижи бир бирге ёч этдире болур...» Жангы жорукъну ачханына Алиса бек къууанады.

Алисаны эси Герцогинядан узакъ узайгъанды, ол тюз къулакъ тешигине сёлешип элгендиргенди. «Жаным-кёзюм, не сагъыш этесе, ауузунгдан сёз чыгъармайса. Аны магъанасы уа алайды... Угъай, не эсе да тергеялмайма! Къайгъырмаз, артда эсиме тюшер...»

«Бир тюрлю бир магъана жокъ эсе уа?» эследи Алиса.

«Нечик болмаз!» деди Герцогиня, «хар нени да барды магъанасы, аны эслей билирге керекди ансы!» Ол сёзле бла Алисагъа къысылады.

Алиса аны жаратмайды: биринчиден, Герцогиня бир бек *сыфатсыз* эди, экинчиден а – аны сакъал тюбю Алисаны имбашына тиреледи, ол сакъал тюбюню сюеги уа бир бек жютю эди. Тёзгенден башха амал а жокъду – Герцогиняны тюрт къалай этсин!

«Баям, оюн мажалыракъ баргъаннга ушайды,» деди Алиса, ушакъны юздюрюп къоймаз ючюн.

«Кеппе-керти айтаса!» деди Герцогиня, «аны магъанасы уа: „Сюймеклик, сюймеклик, сéнсе жерни тутурутъу...“»

«Мен а кимден эсе да эшитгенме: „Кагынг болмагъан жерге – къалагъынгы сукъма!"» шыбырдап айтды Алиса.

«Ол да ол да бир магъананы тутадыла,» деди Герцогиня, сакъал жютюсюн Алисаны имбашына чанча, «магъанасы уа *алайды* – „Тергеп сёлеш, сёзле уа кеслери келирле!"»

«Жаны-тини – хар неде да магъана тапхан,» ойлады Алиса.

«Сен сейир да эте болурса, мен сени белингден къучакълап турмагъаным ючюн,» деди Герцогиня, «кертисин айтханда, фламингодан къоркъаракъма. Огъесе базынайыммы?»

Герцогиняны къучакъларыгъын чыртдан да кюсемеген Алиса: «Фламинго къапхан да этер!» деди Алиса.

«Тюппе-тюз айтаса, кёз жарыгъым,» деди Герцогиня, «фламингону къапханы татырандан кем жилятмайды!»

«Татыран чыртдан да къанатлы тюйюлдю ансы...» эследи Алиса.

«Сен, хар замандача, тюппе-тюз айтаса, кёз жарыгъым,» деди Герцогиня, «саулай ёренге акъыл токъмакъкъса!»

«Баям, татыран минерал болур дейме, жангылмай эсем,» деди Герцогиня.

«Минерал! Ай-хай да – минерал!» деди Герцогиня. Алисаны хар айтханына чаби-чаби этип турургъа хаппа-хазырды. «Ол минералдан минала ишлеп, юйлени чачдырадыла!»

«Эсиме тюшдю, тюшдю эсиме,» деди Алиса, Герцогиня айтханнга къулакъ салмай, «татыран кёгетди, кёгетте ушамайды ансы, ушамаса да – кёгетди!»

«Тюппе-тюз айтаса, жан тамырым,» деди Герцогиня, «магъанасы уа алайды: „Хар кёгетни да кесини заманы". Не да, мен аны санга тынчыракъ, женгилирек ангылатайым: „Сен *сен* болгъанынга бир заманда да ишекли болма, сен *сен* болмасанг эди сен башха боллукъ эдинг, сен башха болсанг а *сен* бир заманда да *сен* боллукъ тюйюл эдинг, быллайдан башха аллай болургъа бир заманда да жарамайды".»

«Мени сартын,» деди Алиса, Герцогиняны къубулта, «сени бу терен акъыллы сёзлеринги жазып алсам мажалыракъ ангыларыкъ эдим.»

«Айтыргъа сюйсем, мен айталлыкъгъа кёре, бу айтханым узун айтырыгъымы бош, бир гитче юзюкчюгюдю,» деди Герцогиня, кесин Алисагъа къубулта.

«Тилейме, мени ючюн къыйналма,» деди Алиса.

«Ол дегенинг неди, ол къыйналгъан къыйналгъанмыды,» деди Герцогиня, «битеу айталгъанымы санга саугъагъа береме.»

Алиса, бюсюремей: «Сени жаншагъанынгы боюнума тагъарыкъ болурма; насыпха туугъан кюнюмде аллай саугъала бермейдиле!» Бу сёзлени эшитдирип айтыргъа уа базынмады.

«Энди уа не сагъыш этесе,» деди да, Герцогиня биягъы сакъал тюбюн Алисаны имбашына чанчды.

«Сагъыш а нек этмем?» деди Алиса, былхымсыз ушакъдан безип.

«Тонгуз а нек учмайды?» деди Герцогиня, «магъанасы уа…».

Былайда, Алисаны уллу сейирине, Герцогинягъа къалтырауукъ тийди, сёзю дыркъ тохтады. Алиса бурулуп къарагъанында: Бийче, – къолларын кёкюрегинде чалдиш салып, – къутургъан кёзлерин Герцогинягъа тиреп сюеле эди.

«Сизни Сыйлылыгъыз, кюн нечик чууакъды,» деди Герцогиня, тылпыуу кючден чыгъа.

«Айтып къояма: „Эшитмедим" – деме! Не сен былайдан таяса, не да мен былайда башынгы тайдырама. Терк сайла. Угъай, эки кере терк сайла!»

Герцогиня сайлады да – думп болду.

«Оюнубузгъа къайтайыкъ,» деди Бийче Алисагъа. Алиса, асыры къоркъгъандан тили тутулуп, сёз айтмай, Бийчени ызындан оюн майданчыкъгъа барды́.

Бийче аз да кёзден ычхындыргъанлай, къонакъла тереклени ауаналарына саркъдыла; алай а, бийчени эслегенлей, барысы да жерлерине чабышдыла. Бийче, келе-келгенлей, бек сабыр айтды, бир такъыйкъа кеч къалгъанны жанын алыргъа айтды.

Оюн бара тургъан чакъда, Бийче ойнагъанла бла тохтаусуз даулашады, къычырады, буюрады. «Аны башын кесерге! Муну башын чартлатыргъа!» Аскерчиле, жерден ёрге къобуп, насыпсызланы элтип тутмакъгъа атадыла. Ол себепден, къабакъ эшикчикле аздан-аз бола барып; жарым сагъат да озгъунчу барысы да тауусулдула, ойнагъанла уа, – Патчахдан, Бийчеден, Алисадан къалгъанла, – жанларын къолларына алып сакълайдыла.

Ахырында Бийче оюнну тохтатды, ёпке солуу эте Алисагъа сорду: «Сен Танабаш Таш Макъаны кёргенмисе?»

«Угъай,» деди Алиса, «къаллай болгъанын да билмейме.»

«Къалай алай?» деди Бийче, «андан макъа шорпа этедиле.»

«Кёрмегенме, эшитмегенме,» деди Алиса.

«Алай эсе кетдик,» деди Бийче, «ол кеси тынгылы айтыр.»

Ала кетип бара, Патчахны къонакълагъа шыбырдап айтханы Алисаны къулагъына чалынды: «Биз сизни барыгъызны да кечебиз,» деди Патчах.

«Не иги болду!» къ-у-у-анды Алиса. Ол башлары кесилликлеге бир бек бушуу этип тура эди.

Узакъ бармай, кюн тууушда къаты жукълап тургъан
Арслан-Къушну кёредиле. (Арслан-Къуш къаллай болгъа-
нын билмей эсенг – суратха къара да къой.) «Ёлюр жукъу
этерик, тур ёрге,» деди Бийче, «бу къызчыкъны Танабаш
Таш Макъагъа элт. Кесини хапарын айтсын. Мен къайтыр-
гъа керекме: алайда бир къауумланы жояргъа буюргъанма,
кёз-къулакъ болургъа керекме, хар не да адетдеча болсун.»
Бийче Алисаны Арслан-Къуш бла къоюп кетеди. Алиса
Арслан-Къушха артыкъ бек ышанмаса да, Бийчеден эсе
Арслан-Къушну сайлайды.

Арслан-Къуш чёгеледи да, кёзлерин сылады да, Бийче
туурадан ташайып кеттинчи ызындан къарап турду да,
ышармыш этди. «Киндигингден тут да – хайда кюл!» деди
Арслан-Къуш; кеси кесинеми айтды, Алисагъамы айтды?..

«...хайда кюл?» жунчуп сорду Алиса.

«Хау,» деди Арслан-Къуш, «была барысы да омакъ
таурухладыла. Ёлтюрюрге! Сояргъа! Жояргъа! Алада
аллай ишле ёмюрде да болмагъандыла. Кетдик!»

«Мында хар бири: „кетдик“ – дегенлей турады,» ойлады Алиса, – Арслан-Къушну ызындан бара, «манга мени ючюн бир заманда да быллай бир оноу этилмегенди!»

Бир кесек баргъанлай таш макъаны узакъдан кёредиле. Танабаш Таш Макъа олду, къая тырхыкда жатып ахтыннганына кёре, жюреги бусагъатдан чачыллыкъ сунарса. Алисаны анга жаны бир бек ауруп, Арслан-Къушдан сорду: «Бу жазыкъны быллай бир не къыйынлыгъы барды?» Арслан-Къуш биягъындача масхарады. «Омакъланып этеди. Не къыйынлыгъы барды! Бир къайгъысы да жокъду. Ох этеди. Кетдик!»

Танабаш Таш Макъаны къатына келдиле. Ол алагъа жилямукъдан топпа-толу чырча кёзлери бла къарады, жукъ а айтмады.

«Бу къыз,» деди Арслан-Къуш, «сени хапарынга тынгыларгъа келгенди. Къыйырдан тутуп айта бер! Ма алай!»

«Да сиз: „Айт!“ дей эсегиз, „айтайым“» деди Танабаш Таш Макъа тунакы ауаз бла, «Олтуругъуз, мен бошагъынчы аууз ачмагъыз.»

Арслан-Къуш бла Алиса бирер жерге олтуруп тынгылайдыла. «Муну къалай бошар умуту барды, башлаялгъан да эталмай тура эсе?» деп ойлады Алиса. Башха амал болмай: сакълайды, тынгылайдыла.

«Заманланы бир кезиуюнде,» деп башлады Танабаш Таш Макъа, «мен чынты макъа эдим, Таш Макъа.»

Биягъы тынгылау. Бир бирде Арслан-Къуш жёткереди, Танабаш Таш Макъа тохтаусуз жилямсырайды. Алиса Танабаш Таш Макъагъа кёзбау ыспас этип: «Сау бол, сыйлы жюйсхан, бек сейирлик магъаналы хапар айтдынг.» деп кетерге да бир къопду, дагъыда жерине олтурду...

Танабаш Таш Макъа, бир кесек жайыгъып, ауур ахтына, хапарны башлады. «Биз гитчечикле болгъан заманда, мектепге тенгизни тюбюнде жюрюй эдик. Устазыбыз къарт-Макъа эди. Биз анга „Чычханчыкъ“ деп атагъан эдик.»

«Сиз Таш макъагъа „Чычханчыкъ“ деп нек атагъан эдигиз?»

«Биз Таш макъагъа „Чычханчыкъ“ деп андан атагъан эдик — чычкынчыкъ къолундан кетмей эди, аны бла башы-бызгъа да ура эди, *Чычкынчыкъ* дей кетип — *Чычханчыкъ* атагъан эдик. Аны кесинг нечик тергеялмайса!»

«Аллай затчыкъланы ангылаялмай соргъан айыпды!» деди Арслан-Къуш да. Экиси да тынгылауну басып, жазыкъ

Алисагъа аралдыла. Ол харип а, жунчугъандан, жер жарылса ары секирир эди. Ахырында, Арслан-Къуш Танабашха бурулду да: «Бардыр, жууутъум, хапарны! Кюнню кюн узунун былайда ашырмайыкъ...» деди. Танабаш Таш Макъа хапарын андан ары айтады.

«Хау, жюрюй эдик мектепге, мектебибиз а тенгизни тюбюнде эди, сен анга ийнанырыкъ да болмазса...».

«Да нек? – мен бир сёз да къошмагъанма!» деди Алиса.

«Угъай, къошханса!» дейди Танабаш Таш Макъа.

«Даулашма,» хынныракъ деди Арслан-Къуш. Алисаны уа даулашыр акъылы чыртдан да жокъ эди.

«Бек иги билим алгъаныбыз сейир да тюйюлдю,» деди Танабаш Таш Макъа, «биз мектепге хар кюнден жюрюй эдик...»

«Мен да мектепге хар кюнде жюрюгенме,» деди Алиса, «аны не сейири барды?»

«Дерследен тышында не билимге юйретгендиле?» къоркъаракъ сорду Танабаш Таш Макъа.

«Хау,» деди Алиса, «макъамгъа бла француз тилге.»

«Быстыр жууаргъа уа?» терк сорду Танабаш Таш Макъа.

«Угъай, айхай да угъай!» ачыуланыракъ деди Алиса.

«Сора сени мектебинг хоча тюйюл эди!» деди Танабаш Таш Макъа, кёлюн баса; «*бизни* мектепде уа француз тил ючюн, макъам дерсле ючюн, *быстыр жууаргъа* юйретген дерс ючюн да энчи хакъ тёлерге керек эди.»

«Тенгиз тюбюнде жашагъаннга быстыр жууаргъа юйретген дерс керекмиди?» деп сорду Алиса.

«Керек эсе да, тюйюл эсе да, быстыр жуугъан дерсге да жюрюялмагъанма, къолай болмагъандан,» ахтынды Танабаш Таш Макъа, «борчлу дерсле бла уа къадалып кюрешгенме.»

«Ала къаллай дерсле эдиле?» сорду Алиса.

«Биз бек биринчиден, адетде болгъанча, чючкюрюрге бла жюуюлдерге юйрендик,» деди Танабаш Таш Макъа, «андан сора Арифметиканы тёрт ишине кёл салдыкъ: Учхалагъан, Сарнагъан, Къубулгъан, Талчыкъгъан.»

«Мен „Сарнагъан“ дерсни чыртдан да эшитмегенме,» деди Алиса.

«Ол „Сарнагъан“ дерсни чыртдан да эшитмегенди,» деп, къанкъылдады Арслан-Къуш, ал аякъларын кёкге кётюре: «санагъан не болгъанын а биле болурса?»

«Хау,» арсарыракъ деди Алиса, «бичикде (китапда) жазылгъан санауну кимин къошама, кимин къоратама...»

«Хау,» деди Арслан-Къуш, «„кимин къошаса, кимин къоратаса“, жангыласа да башынга чычкын бла урадыла – сарнайса, жангылтындан санайса...»

Сарнагъанны да, *санагъанны* да къаршы жууукъла болгъанларын тинтгенден *сора, сорду* Танабаш Таш Макъагъа: «Дагъы да неге юйретгендиле?»

«Дагъы да бар эдиле бизде рифле – Буруннгу Греция бла буруннгу Римни рифлери. Бек къыйын дерсибиз а—кирли жазаргъа юйретгенлери; къадалып, кирли жазаргъа кюреше тургъанымлай – толкъун жуууп кете эди. Арслан-Къушну аллай къыйынлыгъы жокъ эди.»

«Кертиди,» деди Арслан-Къуш, «тюрлю-тюрлю ууакъ дерслеге жюрюрге заманым жетмей эди, алай а: „хы“ – деген классик болгъанма – бийик билим алгъанма!»

«Къалай-алай?» сорду Алиса. Узункёз[15] устазым бла мектепден къачып, кюнню кюн узуну классикле ойнай эдик. Къартчыкъ болгъанлыкъгъа, ол он аягъы бла бирден алай залим-залим секире эди! Аны алай *усталыгъындан* классик болдум!»

«Чынты классик!» ахтынып деди Танабаш Таш Макъа, «мен анга тюшмеген эдим...»

«Алайды,» деди Арслан-Куш да, экиси да башларын салындырып кючсюндюле.

15 *Узункёз* – краб.

«Окъугъан дерсигиз терк бошаламы эди?» хапарны алайдан юздюрюр ючюн, ашыгъып сорду Алиса.

«Ол а—хоншубузну эшеги *окъугъаннга* кёре,» деди Танабаш Таш Макъа, «эшек *окъуду – окъуу* да бошалды.»

Эшек окъугъаны ючюн иесине нохтабау этиледи!

«Эшек окъугъанлай?!» сейирсинди Алиса.

«Хау. Эшек окъугъанлай! Окъууубузгъа „окъуу" деп андан айтабыз.»

«Окъууубузну теренлигин тенгиз тюбюне жетгинчи дери ангылатдыкъ, бир бек суу-баш тюйюл эсе,» деди Арслан-Къуш, «энди бизни оюнларыбызны юсюнден айт...»

Бёлюм X

Тенгиз кадриль

Танабаш Таш Макъа терен ахсынды да кёзлерин сюртдю. Алисагъа кёз жетдирди, – баям, айтырыгъы болур эди, – кёлю толуп айталмады. «Сюекден къарылгъан кибикди,» деди Арслан-Къуш. Бир кесек мычыды да, Танабаш Таш Макъаны силкиндирип, сыртына тюйюп башлады. Танабаш Таш Макъаны ауазы къайтды, тили айланды, жилямукълары инжилеча тёгюле, инжий сёлешди:

«Сен баям тенгиз тюбюнде кёп жашагъан болмазса...» («Жашамагъанма,» деди Алиса.) «...жаны сау омарны ёмюрюнгде кёргенмисе...» («Угъай, ашагъан а...» деп башлагъанлай, эс жыйып, башын чайкъап, «...угъай, кёргенме,» деди Алиса.) «...сора омарла бла кадриль тепсеуден ангылауунг азды.»

«Чыртдан да жокъду,» ахсынды Алиса, «ол а не тюрлю тепсеуюдю?»

«Неден да алгъа,» деди Арслан-Къуш, «барысы да бирге тенгиз жагъада тизиледиле...»

«Эки тизим болуп!» деп, хахайлады Танабаш Таш Макъа, «камбала, судак, ыргъай, тенгиз макъа... битеу да тенгиз жаныуарла, битеу тенгиз хайыуанла. Тенгиз жагъаны медузаладан тазалагъандан сора...»

«Ол алай бош тюйюлдю, аллай иш,» деп къошду Арслан-Къуш.

«...башлагъанда, эки атлам алгъа этесе...»

«Омарны он аягъыны биринден тутуп!» къычырды Арслан-Къуш.

«Айхай да,» деди Танабаш Таш Макъа, «алгъа эки къат озаса да, тепсеген нёгерлеринге атыласа...»

«...омарланы алышаса, — алгъа баргъанынгча, ызынга къайтаса,» деп бошады Арслан-Къуш.

«Артда уа,» деди Танабаш Таш Макъа, «быргъайса...»

«Омарланы́!» ёрге-ёрге секире къычырды Арслан-Къуш.

«...тенгизге, узагъыракъ...»

«Ызларындан жюзесе!» деди къууанч тыпырлы Арслан-Къуш.

«Тенгизде да чонкъая-чонкъая...» деп къычырды да Танабаш Таш Макъа, дингил кибик, жагъада юзмезде тёнгереди.

«Омарланы́ жангылтындан жангыртаса!» хахайлайды Арслан-Къуш.

«Омарланы́ жангылтындан жангыртхандан сора, тенгиз жагъагъа къайтаса! Ма олду тепсеуню биринчи тепгени,» деди Танабаш Таш Макъа, нек эсе да кёз къакъгъынчы чёкген ауазы бла. Эки шуёх да, бусагъатчыкъда бир бирге ал бермей, къууанч тыпырлы, акъылдан тайгъан кибик, къумда-зыгъырда ёрге-ёрге секиргенле, баштёбен болдула, Алисагъа мудах кёзлери бла къарадыла – тенгиз кадрильни хапары юзюлдю.

«Ол, баям, бир аламат, бир ариу тепсеу болур,» шыбырдагъан кибик айтды Алиса.

«Къараргъа сюемисе?» сорду Танабаш Таш Макъа.

«Бек!» деди Алиса.

«Къоп,» деди Арслан-Къуш Танабашха, «омарла болма-гъанлыкъгъа, кадриль тепсеуню кёргюзтейик; ким жыр-лайды?»

«Сен жырла,» деди Арслан-Къуш, «мен сёзлерин унут-ханма.»

Алисаны тёгерегинде жойкъулланып, аякъ бюгюп тепсейдиле, аны аякъларын малтагъанларын а эслемейдиле. Танабаш Таш Макъа мудах жырлайды.

«Камбала[16] метекеге: „Сен, жаным-кёзюм, тез атла!
Ойнакълап-малтап-эзип кетедиле тенгиз атла.
Жел чыкъгъан аякъ тюпден – чабыш-чаришди тенгизге,
Той барады Жагъада, баям келгенсе тенг излей;
Тепсерге келген эсенг, кел, къошул да къал бизге!

Билмейсе, сен билмейсе, насыпды камбала болгъан –
Камукда туугъан балыкъды толкъунда тепсеп баргъан,
Тюкенде сатылгъанда да менме къан багъа болгъан!"
„Мен ойнамайма сизнича, къол ташныча атарла –
Тенгизге узакъ тюшсем, къоркъама ташча батаргъа!"

„Неди ол узакъ деген?" сейирсиннгенди камбала.
„Сен алай тергей турсанг, тюнене боллукъду тамбла.
Бюгюнню оздурмайын, тели-мели этейик,
Тюз тепсеуню, арслан-бийни, абезехни тепсейик!
Ойнарыкъса-тепсерикse, тепсерикse-ойларыкъса!
Ойларыкъса-тепсерикse, тепсерикse-ойнарыкъса!"»

«Сагъыннгандан ары,» деди Танабаш Таш Макъа, «сен камбаланы кёрген болурса, анга къалай къарайса?»

«Хау,» деди Алиса, «бек татлы чабакъды!»

Айтхан сёзюнден кеси элгенип, ауузун терк къысды, Танабаш Таш Макъа уа, сан этмей, хычыуун эснеди.

«Не магъана бла айтханынгы сезалмадым,» деди Арслан-Къуш, «алай, тюбей-тюбей тургъан эсенг, ол „къанбагъа" дегенинг не тюрлю сыпатлыды?»

«Къанбагъа угъай, „камбала," дедим да... ол „къан багъа" тюкенде болады.»

«Охо, сен айтхан болсун,» деди Арслан-Къуш, «тюбей-тюбей тургъан эсенг, ол „камбала" дегенинг не тюрлю *сыпатлыды?»*

16 *Камбала* – кам+бала.

«Сыпатлымы – дейсе? Бир да болмагъанча сыпатсызды! Асыры жалпакъдан, юсюнде ат аунагъан сунарса; башы да къыйыгъына кетип, кёзлери да мангылайына чыгъып... кеси кесине уа ичинден айтды: „Асыры татлыдан а – бармакъларынгы жаларса, тилинги аны бла бирге жутарса“».

Былайда Танабаш Таш Макъа эснеди, кёзлерин жумду, дагъы да эснеди, кёзлерин ачды.

«Болду, болду, бу жазыкъны андан ары эзмегиз, энди кесинги хапарынгы айт!» деди Танабаш Таш Макъа Алисагъа.

«„Айт“ дей эсегиз? – айтайым, – алай, мен бюгюн эрттенли кёргенлерими айтырыкъма; тюнене мен башха тюрлю эдим.»

«Ангылат,» деди Танабаш Таш Макъа.

«Угъай, алгъа хапарын айтсын, ангылата турургъа асыры кёп заман кетерикди!» деди Арслан-Къуш, Танабашны ауузуна гузабалы чаба.

Акъ Къоянны кёрген кезиуюнден башлап битеу тюбеген-кёрген тамаша хапарын айтады. Ал кезиуде жунчуюракъ болуп башлайды: Арслан-Къуш бла Танабаш Таш Макъа асыры жууукъ къысылып, кёзлерин да ауузларын да кенге керип тынгылайдыла; бир кесекден Алиса эс жыяды, таукелирек сёлешеди. Алиса Кёксюл Къуртха жетип, «Вильям Аттаны» сагъыннгынчы, Арслан-Къуш бла Танабаш Таш Макъа сёз къошмадыла, жерлеринден тепмедиле, Алисаны ауузуна чапмадыла. Былайда Танабаш Таш Макъа терен солуу алды да «Не сейирди,» деди.

«Сейирден да сейирди!» деди Арслан-Къуш.

«Битеу айтхан сёзлери чюйре-чюйре айланыпдыла. Огъесе мен алаймы эшитеме? Кёлюнден бир зат окъуса эди...» «Окъусун. Буюр!» деди Танабаш Таш Макъа. Терен оюм эте, Арслан-Къушха къарады, аны Алисагъа оноу этер эркинлиги болгъан кибик.

«Ёрге тур да „*Чуу-чууну*" окъу,» деп, дау этген кибик буюрду Арслан-Къуш.

«Мында хар кимни жаны-тини – манга оноу этген,» деди Алиса ичинден, кеси кесине. Быланы буйрукъларын уллу огъурамаса да, айтханларын эте, ёрге къобуп, окъуп башлады. Шатык окъургъа кюрешгенликге, акъылы былай-ладан узакъда айланады: бирде кёзюне омарла кёрюнедиле, бирде уа тенгиз кадриль тепсейди...

«Чуу-чуу, чуу ала,
Омар улан суу ала,
Ынна жырна биширe,
Гутча башын тюшюре,

Атта отдан тюшюре.
Биз жырнаны ашадыкъ –
Толу къазан бошадыкъ –
Къууанч бла жашадыкъ.»

«Неле жармалагъанын кеси да ангыламайды,» деди тойгъа омакъланып-жасанып келген омар.

«Мен сабий заманымда мектепде окъугъаныма чыртдан да ушамайды,» эследи Арслан-Къуш да.

«Зулкъарний жашагъан чакълы бир жашайма тенгиз тюбюнде да, жерни башында да... быллай тузсуз-мыстысыз-магъанасыз назмуланы уа ёмюрюмде эшитмегенме!» деди Танабаш Макъа да.

Алиса жукъ айтмады; юзмезге олтурду да, бетин къоллары бла жапды; энди алгъынча болаллыгъына ийнанмайды.

«Бир жукъ да ангылаталмайды,» деп, Арслан-Къуш Алисагъа бурулду, «энтда да окъу!» деди.

«Гутча башын нек тюшюреди? Къалай тюшюреди? Кимни башын тюшюреди? Кесиними? Алайчыкъны окъуна бир ангылат манга!» деди Танабаш Таш Макъа.

Алиса тынгылайды. Аны кеси да билмейди.

«Энтда да окъу,» деп къадалады Арслан-Къуш.

Алиса къалтыраууукъ ауаз бла:

«Кирмей кёзюне жукъу,
Къоян уугъа чыкъды уку;
Биргесине чакъанны
Къоян уугъа чакъырды.

Кёп турмайын тутдула,
Кёп тутмайын жутдула:
Къоян къулакъланы – уку,
Къалгъанчыгъын чакъан жутду.»

«Айтханын ангылаталмай эсе, аны окъугъаны кимге керекди?» деди Танабаш Таш Макъа.

«Хау, тюппе-тюз айтаса,» деп, Арслан-Къуш Алисаны къууандырды, «сюйсенг а, энтда да тепсейик, огъесе Танабаш жырмы айтсын?»

«Жыр айтсын!» деди, тузакъдан ычхыннган кибик, къууанч тыпырлы Алиса.

Алисагъа: «Жанынг ыразылай!» деди да, Танабашха жырларгъа буюрду.

«Ушхуууурда бир аламатды баш шорпа —
Тоюп жатхан танг атмайын къобуп жортар.
Ол шорпадан бишип чыкъгъан тана башха
Къор болсунла дунияда башха Ашла!
Къор болсунла дунияда башха Ашла!
    Чынты ёзден А—аша—ау!
    Чынты ёзден А—аша—ау!
„Жашау" – десенг – „жашау" –
    Сюйгенинги Ашау!

Эмен чыккырдагъы хуппегиден тузлукъ —
Дунияны тутуругъу, чынты тюзлюк.
Ол тузлукъдан чыкъгъан тана башны ашай,
Олтурсунла къонакъларынг жаншай-жаншай!
Ушхуууурда олтурсунла ашай-ашай!
    Чынты ёзден А—аша—ау!
    Чынты ёзден А—аша—ау!
„Жашау" – десенг – „жашау" –
    Сюйгенинги Ашау!»

«Танабаш, энтда бир жырла!» деди Арслан-Къуш. Танабаш солуу алып, жырларгъа ауузун ачханынлай, къайдан эсе да бирден ачы къычырыкъ эшитилди: «Сюд келеди!»

«Кетдик!» деди Арслан-Къуш, Алисаны къолундан тутуп, ызындан сюйреп, аягъы басханны кёзю кёрмей, жанын къолуна алып, жырны ахырына дери тынгыламай къачады.

«Кимни жоядыла?!» сорду Алиса, ёпке солуу эте. Арслан-Къуш: «Кетдик!» дегенден башха сёз айтмай, къанат къагъып, бютюн да терк болду. Тенгизден ургъан желчик мудах макъамны келтиреди:

> *„Жашау" – десенг – „жашау" –*
> *Сюйгенинги Ашау!»*

Б ё л ю м   X I

Хычинлени ким урлады?

Трам Патчах бла Трам Бийче тахтада олтурадыла, аладан башха картала (бир талай ууакъ-тюек къанатлычыкъла, жаныуарчыкъла) тёгереклерине басыныпдыла. Тахтаны аллында, эки бегеуюлню арасында, ёресине шынжыр бла чулгъаннган Улан сиреледи. Патчахны аллында Акъ Къоян жойкъулланады: бир къолунда — сыбызгъы, бирси къолунда — тёгерек чулгъаннган къагъыт. Ортада столну юсюнде уа, — уллу сай табакъда, — исси хычинле. Исси хычинлени жау жылтырагъанлары Алисаны аууз сууларын келтиредиле. «Бу суд эсе да, сюд эсе да, сют эсе да, теркирек бошалып, — игисагъан, — ол хычинлеге бир ычхыныр эди!» деп ойлайды Алиса, алай, аллай умут этдирмей эдиле да, тёгерегине къарай — заманны ашырады.

Алиса тёреде бир заманда да болмагъанды, бичикледе уа кёп окъутъанды. Былайда жыйылгъанланы асламысын таныгъанына кёлюнден ыразыды. «Майна сюдю,» деди

Алиса ичинден, «къутукъ башына парик кийген эсе, ол олду.»

Баш тёречи Патчах кесиди. Парикни юсюне тажны кийгени ючюн – арсарды, чырайсызды (суратына къарагъыз).

«Бу жерле уа – тёречилени,» ойлады Алиса, «онеки тёречи уа – жаныуарчыкъла, чыпчыкъчыкъла.» «Тёречи,» деген сёзню Алиса юч-тёрт кере къайтарып ичинден айтды. Аллай къыйын сёзню билгенине чексиз ёхтемленеди; аны тенгли къызчыкъланы кёбюсю ол сёзню билген угъай да, эшитген да этмегендиле. Бизни къыралда алагъа «присяжные заседатели» дейдиле. Биз да, бир бирде, алай айтып къойсакъ – уллу гюняхха кирмебиз.

Тёречиле таш къангалада не эсе да бир затланы ашыгъып жазадыла. «Сюд башланмагъанды, ала не жазадыла?» шыбырдап сорду Алиса Арслан-Къушдан.

«Сюд бошалгъынчы унутуп къояргъа къоркъуп, кеслерини атларын жазадыла,» шыбырдап айтды Арслан-Къуш.

Алиса, кеси да эслемей, ачыуланып: «Тентекле!» деп, иги да эшитилирча айтды. Алиса сёзюн айтыр-айтмаз Акъ Къоян: «Шошлукъ!» деп къычырды. Патчах а кёзлюклерин да кийип залгъа сагъайып къарады: баям, ким таууш этгенни кёрюрге излей болур эди. Алиса сёлешмейди.

Кесини сюелип тургъан жеринден тёречилени: «Тентекле!» деп, жазаргъа къармашыуларын, имбашларында олтуруп тургъанча, шатык кёреди. Аланы бири: «Тентекле!» деп, жаза билмей, хоншусундан соргъанын окъуна эслейди Алиса. «Сюд бошалгъынчыгъа дери ала анда неле-неле къатышдырып „тырнарыкъ" болурла!» деп ойлайды.

Тёречилени биринде жаза тургъан къара таш жырылдап тохтамай эди. Ай-хай да, Алиса ол тауушну кётюралмайды: жашыртын жанлай барып, марап туруп, ол тёречини имбашы бла узалып, аны къолундан къара ташчыкъны сермеп алады. Ол жазыкъ а (Гургунчукъ), не болгъанын ангыламай, аралып къалады. Тёгерегине къарайды, излейди, тапмайды. Бармагъы бла жазар умут этеди – таш къангада жазылгъан ыз къалмайды.

«Къодучу терслигин окъусун!» деди Патчах.

Акъ Къоян сыбызгъыны юч кере къычыртды, чулгъаннган къагъытны жайып окъуду:

«Бийче этди хычинле,
Трам Улан а жашыртын
Тогъуз хычин ашады –
Къалмасынла ичинде
Ол ашагъан хычинле!»

«Трам Уланны оноуун этигиз!..» деди Патчах тёречилеге.

«Угъай, угъай,» Акъ Къоян ашыгъышлы бёлдю Патчахны сёзюн, «алыкъа эрттеди. Адетде болгъанча этилирге керекди».

«Биринчи шагъатны чакъырыгъыз.» – буюрду Патчах. Акъ Къоян сырыйнаны юч кере сокъду: «Биринчи шагъат!»

Биринчи шагъат Къалпакъчы болуп чыкъды: бир къолунда – чай чёмюч, бирси къолунда – жау жагъылгъан гыржын; тахтаны аллында сюелди. «Тилейме кечгинлик, Сизни Уллулугъуз,» деп башлады ол, «мен былайгъа *ышныр* эте келгеним ючюн. Чай иче тургъанымлай чакъыра келдиле да, къабынымы столгъа салгъынчы чыдамай, бери сюйреdiline...»

«Алгъа башлагъан алгъа бошайды,» деди Патчах, «сен къачан башлагъан эдинг?»

Къалпакъчы ызындан келген Къолан-Къояннга къарады (Къолан-Къоян Кюлтыпыс-Баймакъны къолундан тутуп келе эди). «*Баям*, онтёртюнчю мартда,» мурулдады ол.

«Онбешинчиде,» деди Къолан-Къоян.

«Оналтынчыда,» деди Кюлтыпыс-Баймакъ.

«Жазыгъыз!» деп буюрду Патчах тёречилеге; тёречиле уа жаздыла-жаздыла-жаздыла – ючюсю да айтхан кюнлени жаздыла да, бирге къошдула да, сомлагъа бла шайлагъа кереледиле.

«Къалпагъынгы теш,» деди Патчах Къалпакъчыгъа.

«Бу мени къалпагъым тюйюлдю,» деди Къалпакъчы.

«*Урланнган* къалпакъ!» хахайлады да Патчах, тёречилеге ёхтем бурулуп къарагъанынлай, *къара ташларын* жазаргъа хазырладыла.

«Мен къалпакъланы сатаргъа тутама,» ангылатды Къалпакъчы, «мен гудучу тюйюлме, Къалпакъла Эттен Устама.»

Былайда Бийче кёзлюклерин салды да, Къалпакъчыгъа тюрслеп къарады – бети чиммакъ болгъан Къалпакъчы бир аягъындан бирси аягъына аунады.

«Шагъатлыкъ этемисе-этмеймисе,» деди Патчах, «башынгы-тёшюнгю къалтыратханны да тохтат, тохтатмасанг да – мен аланы бир бирден былайчыкъдан кетгинчи айыртырма!»

Патчахны айтханы Къалпакъчыны алай бек кёллендир-
меди: жеринде тепчий, кёз къыйыры бла Бийчеге къор-
къуулу къарайды. Асыры жунчугъандан, жау жагъылгъан
гыржынны орунуна чёмючню чайнайды.

Ол кезиучюкде Алисада бир сейирлик тюрлениуле болуп
башлайдыла. Неле-неле бола тургъанын кеси да ангыла-
майды. Иги кесек заман озгъандан сора ёсе тургъанын сезе
башлайды! Туруп кетерге да бир тебеди, дагъы да сабыр
болады. Бу сюд бара тургъан залгъа сыйынмай башлагъын-
чы кетмез акъыл этеди.

«Былай бек тюртмей олтурургъа жарамаймыды? Тылпы-
ууму тыяса!» деди жанында олтургъан Кюлтыпыс-Баймакъ.

Алиса, кечгинлик тилегенча: «Ёсе турама, ёсгеними тыял-
майма!» деди.

«Мында ёсерге эркинлик жокъду!» тырман этди Кюл-
тыпыс-Баймакъ.

«Ол магъанасыз хапарды,» деди эс жыя башлагъан Алиса,
«сен кесинг да ёсе тургъанынгы уста билесе.»

«Мен мардадан чыкъмайма,» деди Кюл-
тыпыс-Баймакъ, «бир бирлеча... асыл-
сыз терк ёсмейме, айып этдир-
мейме!» Кесин кёпдюрдю да,
залны бирси жанына кетди.

Бийче уа, ол кезиуде, кёз къакъ-
май Къалпакъчыгъа къарап
тургъанды; Кюлтыпыс-Бай-
макъ жер алышып олтур-
гъунчу, Бийче къаш тюйюп
буюрду: «Тюнене тойда жырла-
гъанланы атларын жазып бери тап-
дырыгъыз!» Жазыкъ Къалпакъ-
чы асыры къалтырагъандан,
эки аягъындан чарыкълары
чартлайдыла.

«Сакълатма! Ауузунгда къуууутунгму барды? Къалты-рауугъунгу аякъларынгдан ёрге асдырып тохтатырма!»

«Мен аз адамчыкъма,» къалтырагъан ауаз бла деди Къал-пакъчы, «чайдан къанып бошамагъанма... мен башлагъан-лы жангыз бир ыйыкъ озгъанды... жау бла гыржыным бошала турады... эсе да, къаргъа къабар этим жокъду...»

«*Къаргъамы?*» сорду Патчах.

«Къаргъа ...» тилкъаулана деди Къалпакъчы.

«Мен сени *къаргъалагъа талатырма,*» деди ачыуланнган Патчах, «сен мени телигеми санайса? Мен Патчахма!»

«Мен аз адамчыкъма, мени этимден киши да тоймаз... Къолан-Къоян айтханлай...»

«Мен бир жукъ да айтмагъанма,» – деп, Къолан-Къоян Къалпакъчыны ауузуна ашыгъышлы чапды.

«Угъай, айтханса!» деди Къалпакъчы.

«Айтмагъанма!» деди Къолан-Къоян.

«„Айтмагъанма" дейди Къолан-Къоян. Протоколгъа къошмагъыз!» деди Патчах.

«Алай эсе, Кюлтыпыс-Баймакъ айтханды!» женгдирмей даулашады Къалпакъчы, Кюлтыпыс-Баймакъгъа кёз къыйыры бла къоркъуулу къарайды; Баймакъ даулашха къатышмайды – ёлюр жукъу этеди.

«Сора,» дейди Къалпакъчы, «мен кесиме гыржын туурагъан кесдим, эки жанына да жау жакъдым...»

«Кюлтыпыс-Баймакъ а не айтхан эди?» деп сорду тёречилени бири.

«Эсимден кетгенди,» деди Къалпакъчы.

«Кетген эсе, *къайтарыргъа кюреш,* эсинги мен алгъынчы,» деп, эслетди Патчах.

Жазыкъ Къалпакъчы къолундан чайын, гыржынын да тюшюрюп бир тобугъуна чёгеледи: «Мен аз адамчыкъма,» деди энтда да ол, «къаргъа эди эсимде...»

«Сен кесингсе къаргъа,» деди Патчах.

Алайда тенгиз чочхачыкъланы бири чаби-чаби этип къууанады. (Кёз къакъгъынчы сюдню бегеуюллери жазыкъ чочхачыкъны къапчыкъгъа сугъадыла, тюпге урадыла, юсюне олтурадыла. Былайда мен да кёрдюм «баш кётюргенни башына урадыла» деген айтыуну магъанасын.)

«Бек къууандым боюнсадан ычхыннганланы боюнларын къалай бургъанларын кёзюм бла кёргениме – ойлады Алиса – мен а газетледе жазылгъанны ангылаялмай тура эдим… ол не болгъанын энди билдим!»

«Болду сандырагъанынг,» деди Къалпакъчыгъа Патчах, «башымы тёгерек айландырдынг.»

«Тёп-тёгерек, топ кибик, ичи къызыл от кибик?» сорду Къалпакъчы.

«Аман топ тийсин сен къутукъбашха, кёзюмден къуру!» деди Патчах.

Тенгиз чочхачыкъладан энтда да бирчиги чаби-чаби этди да – аны да тунчукъдурдула.

«Чочхачыкъланы оноулары бек тап этилди,» ойлады Алиса. «Энди иш жортханлай барыр.»

«Мен, баям, барып чайымы къалгъанчыгъын ичейим,» деди Къалпакъчы, жырчыланы тизмелерин окъуй тургъан Бийчеге къоркъуулу къарай.

«Эркинсе,» деди Патчах Къалпакъчыгъа. Къалпакъчы алай чартлап чыкъды, габашларын да къапламай чартлады.

«…арбазда башын чартлатыгъыз!» деп Бийче сёз къош-ханлыкъгъа, Къалпакъчы иги да узакъгъа узайгъанды.

«Энди соруу этиллик кимди?» деди Патчах, «туурагъа чыгъарыгъыз!»

Аш юйде ашны-сууну жюрюттен къатынчыкъны келтир-диле. Ол къатынчыкъ биягъы чибижи орун бла келеди. Ол кеси кёрюннгюнчю, эшик артында олтургъанла бирден чючкюрдюле. Чючкюрмегенле чючкюргенлеге намыс этип, – ёрге къопдула. Патчах олтургъанда, къалгъанла да жерлерине олтурдула.

«Айт не айтыргъа келген эсенг да!» деди Патчах.

«Айтмайма!» деди батыр къатынчыкъ.

Патчах Акъ Къояннга соруулу къарады. «Тюйюлмей айтырыкъ тюйюлдю!» шыбырдады Акъ Къоян.

«Керек болса – терек ауар, этербиз биз да бир хатер – тюйюлген да этер,» деди да Патчах, Алисаны да къоркъута, къаш тюйюп, терс къарап сорду, «хычинлени неден этедиле?»

«Асламысында чибижиден,» деди, энди къоркъаракъ болгъан къатынчыкъ.

«Бозадан!» деди жукъусурагъан ауаз.

«Тутугъуз ол Кюлтыпыс-Баймакъны,» сынсыды Бийче, «уятыгъыз-уялтыгъыз! Башын тюшюрюгюз! Бетине тюкю-рюгюз! Табан жетдирип къыстагъыз! Чимдигиз! Мыйыкъ-ларын жулкъугъуз! Ёмюрю кетсин жукъусуз!»

Жамауат Бийчени буйругъун толтуруригъа, жукъучу Бай-макъны уятыргъа-уялтыргъа чабышханда, шагъат къатын-чыкъ думп болду.

«Къачырдыкъ эсе – жолу мамукъдан, бара барсын, башха шагъатны чакъырыгъыз,» деди да Патчах, бийчеге бурулуп шыбырдады, «жан тамырчыгъым, мындан ары ишни *кесинг* бардыр. Арыгъанма. Башым чачылады».

Акъ Къоян, тынгысыз болуп, жазгъанларын жангылтын-дан окъуйду, ичинден окъуйду. «Арабий, энди уа кимни элгендирлик болурла?» ойлайды Алиса, «тюз жууап берип шагъатлыкъ эталлыкъ да жокъду.» Алисаны сейирсин-нгенин кёзюгюзге бир кёргюзтюгюз Акъ Къоян иничге ауазы бла ачы къычыргъанында: «Алиса!»

Бёлюм XII

Алисагъа

соруу этиледи

«Мындама мен!» деп къычырды Алиса секирип туруп, былай къысха заманчыкъгъа быллай уллу къыз болуп къалгъанына жунчуп. Секирип тургъанында этегини къыйыры жетип тёречиле олтургъан шинтикни (тёречиле бла бирге) баш тёбен чонкъайтады. Тёречиле алларында олтургъан жамауатны юсюне къуюладыла. Бир ыйыкъ мындан алда Алиса аквариумну билмей сындыргъанында чабакъчыкъланы юй тюбюнде амалсызлыгъына ушай эдиле бу жазыкъ тёречиле.

«Кечгинлик! Къурман болайым, кечгинлик!» дей, тёречилени жерден жыяды; аквариум бла чабакъчыкъла кёзюне кёрюннгенлей турадыла… Тёречилени терк жыйып узун шинтикге олтуртмаса ала къырылып къаллыкъ сунады.

«Тёречиле жерлерин тапхынчы сюд кесини ишин бардырлыкъ тюйюлдю!» деди Патчах. «Къайтарып айтама: барысы да жерлерин тапхынчы!» деди Патчах, Алисадан эки кёзюн айырмай.

Алиса тёречилени ашыкъ-бушукъ олтуртханында Гургунчукъну баш тёбен салгъанын эслейди. Ол жазыкъ а къуйрукъчугъун булгъап тургъандан ары мадар эталмай, жерине тап олтуралмай кюреше эди. Алиса терк окъуна тапчыкъ олтурду. Ичинден а былай ойлады: «Сен-харип къалай турсанг да (сюелсенг да, олтурсанг да) сенден тёрени ишине *къошуллукъ да, къорарыкъ да болмаз.*»

Тёречиле, аз да эс жыйгъанла, жыгъылгъанда тюшюрген къангаларын-къаламларын къолларына алгъанлай, бусагъатда болгъан ишни хапарын къадалып жазаргъа кюрешедиле. Жалан да Гургунчукъ ауузчугъун да кенг ачып, кёкге къарап къымылдамай олтурады: баям, эсине къайталмай тура болур.

«Бу ишни юсюнден сен не зат билесе?» сорду Патчах.

«Бир зат да билмейме,» деди Алиса.

«*Чыртдан да* бир зат да билмеймисе?» къадалып сорады Патчах.

«Чыртдан да бир зат да билмейме!» къайтарып айтды Алиса.

«Ол бек магъаналыды!» деди Патчах, тёречилеге бурулуп. Тёречиле къыстау жаза тургъанлай Акъ Къоян сёзге къошулады: «Сизни Уллулугъуз "Ол *бек* магъанасызды!" дерик болур эди,» деп, баш урду.

«Хау, алайды, Биз тюппе-тюз алай айтырыкъ эдик,» деди Патчах, «*бек* магъанасызды! Айхай да магъанасызды!». Ол сёзню таууушу къалай табыракъ эшитилиригин ёнчелегенча, кеси аллына мурулдайды: «магъаналыды – магъанасызды… магъаналыды – магъанасызды…»

Тёречилени бир къаууму: «магъаналыды» деп жаздыла, бирси къаууму: «*бек* магъанасызды» деп жаздыла. Алиса башларындан къарап тура эди да, хар этгенлерин кёре эди. Быланы ишлери магъанасыз болгъанын ойлады Алиса.

Не эсе да бир затланы китапчыгъында жаза тургъан Патчах: «Шошлукъ!» деп къычырды; китапчыгъына къарады да – окъуду: «Къыркъ экинчи жорукъ. *Ёсюмлери бир мильден узун болгъанла мычымайын залдан кетерге борчлудула.*»

Барысы да Алисагъа аралдыла.

«Мени ёсюмюм бир мильге *жетмейди*!» деди Алиса.

«Жетеди!» даулашады Патчах.

«Жетиди,» деди Бийче, «сени ёсюмюнг жети мильден да узунду!»

«Мен былайдан теберик тюйюлме,» деди Алиса, «жорукъ да ётюрюк жорукъду, кеси да бусагъатда жазылгъанды.»

«Бу бичикде[17] мындан эрттеги жорукъ жокъду!» даулашады Патчах.

17 *Бичик* – китап, книга.

«Алай эсе, ол жорукъ Къыркъ экинчи некди?» деди Алиса, «ол Биринчи болургъа керекди!».

Патчахны бети агъарды, бичикни терк жапды, къалтырагъан ауаз бла тёречилеге акъыртын айтды: «Оноу этигиз.»

Акъ Къоян секирип туруп: «Сизни Уллулугъуз, эркин этсегиз, бусагъатчыкъда энтда да бир шагъатлыкъ жазыу табылгъанды.»

«Анда уа не жазылыпды?» сорду Бийче.

«Сизге сормай ачып окъургъа базынмагъанма,» деди Акъ Къоян, «мени сартын, кимге эсе да... терслиги болгъан жазады...».

«Айхай да, *кимге эсе да*,» деди Патчах, «биреуге биреулен а жазгъан болур».

«Къагъыт кимге келгенди?» тёречиледен къайсы эсе да сорду.

Акъ Къоян: «Кишиге да угъай! Къалай-алай болса да, бирси жанында да жукъ жазылгъан жокъду.» Ол сёзле бла письмону ачып къошду: «Бу письмо да тюйюлдю, назмуду.»

«Къол ызы уа даугъа тюшгенни тюйюлмюдю?» башха тёречи сорду.

«Угъай,» деди Акъ Къоян, «ол а бютюн да гурушхалыды.» (Тёречиле жунчудула, типискиге къалдыла.)

«Къол ызын тюрлендирип жазгъан эсе уа?» деди Патчах. (Тёречиле эс жыйдыла, аяздыла.)

«Сизни Уллулугъузну хурмети бла, мен ол къагъытны жазмагъанма,» деди Трам-Улан, «анда атымы да сагъынмагъанма, ол къагъытда тёречиле шагъатлыкъ шарайыпла табалмазла.»

«Алай эсе, санга бютюн да аманды,» деди Патчах, «сени бютюн да *аман акъылынг барды*, тюз адамла жазгъан къагъытларында къол саладыла.»

Барысы да къарс урдула: бюгюнлю сёлешгениде Патчах бир магъаналы сёз айтды.

«Терслиги *ачыкъ болду*,» деди Бийче, «чартлатыгъыз...»

«Жояр умут этмегиз! Аны башы анга алыкъа керек боллукъду,» даулашды Алиса, «сиз ол назмулада не айтылгъанны да билмейсиз.»

«Окъу!» деди Патчах Акъ Къояннга.

Акъ Къоян кёзлюклерин салды. «Сизни Уллулугъуз, къалайдан башлайым?»

«Аллындан башлап ахырына дери окъу,» деди кёлю кётюрюлген Патчах, «ахырына жетсенг, окъугъанынгы тохтат!»

Чибин учхан эшитилирча шум болдула, Акъ Къоян окъугъан назму ма буду:

«Ала манга айтхандыла аны,
Биз экибиз этген ушакъланы.
Андан-мындан чимдий-юзе,
Билгендиле: мен билмейме жюзе.

„Ол зат а неди-неди?“
„Баям биргесинеди!
Ол огъурсуз къатын эшитгенлей,
Жабылырла жарлы эшиклерим.

Ёмюрюмде сагъынмагъан сёзюм
Сымарлана келир, жума кёзюн.
Эки бергенме бир жашха,
Бирин берди быстыр башха.

Ишге бирден узалсала къатын да, эр да –
Ма ол заманлада тебеди жер да.
Менден ары кетген бери келликди тамбла
Ингирликде батхан кюнюм келликди танг бла.“

Чырмамаса эди бизге бу зат
(Турмаз эди къатын кесин буза),
Жерин табар эди хар ким,
Хар ким табар эди хакъын.

Сылхырлыгъын жашырайыкъ,
Сылап-сыйпап ашырайыкъ:
Бу назмуда – къатыш-къутуш сёзле,
Бир кёрчюгюз элек бла сюзе!»

«Хаппа-хазыр протокол,» деди Патчах, къол аязларын бир бирге къууанчлы ышый, «къоратыр-къошар жери жокъду, тёречиле оюмларын…».

Алиса Патчахны ауузуна чабады, сёзюн бёлéди. (Акъ Къоян назмуну окъуй тургъан кезиуте Алиса иги кесек ёседи, батырчыкъ да болады, энди бир кишиден да, бир затдан да къоркъмайды.) «Бу тёречилени бири бу назмуну магъанасын ангылагъан эсе,» деди Алиса, «мен анга алты *къара сом*[18] берирме! Тёреге буруш келген бир сёзю жокъду.»

«Тёреге буруш келген бир сёзю жокъду,» деп жаздыла тёречиле, назмуну магъанасын сюзерге уа бири да базынмады.

«Да муну бир тюрлю бир магъанасыны жокъ эсе,» деди Патчах, «ол а бютюн да иги, сюзерге да керек тюйюлдю. Алай…» Назмуну тобукъларына салады, кёз къыйыры бла къарайды: «„*Билгендиле: мен билмейме жюзе*" Алай бир магъаначыъы уа болур дейме… Жюзе билемисе?»

«Угъай!» деди Трам Улан. (Былайда экиси да керти айтадыла—ала къагъытдан этилген кёзюрледиле.)

Патчах: «…Тёречиле тинтерле… Алай, хапар Бийчеге жетсе… Жууапха тартыр… Анга сёз да жокъ!» Андан ары окъуйду: «„… *Эки бергенме бир жашха, бирин берди быстыр башха…*" Ма хычинлени хапары!»

«Хычинлени къайтаргъанлары жазылып турады да?» деди Алиса.

Патчах столда табакъны кёргюзте: «Сюймей къайтардыла, ма хычинле. Исси…» Бийчеге къарап, Патчах андан ары

---

18 *Къара сом* – 25 капек.

окъуйду: «„Ол огъурсуз къатын эшитгенлей, жабылырла жарлы эшиклерим... Чырмамаса эди бизге бу зат, ...ишге бирден узалсала къатын да, эр да"...»

Патчах, къатынына жалына, «Сен-Жууашчыгъым тура жер тепдирлик ким боллукъду... ?!»

«Бир жууашха уа, менден жууашны кюндюз чыракъ жандырып излесенг да тапмазса!» деди да, къууанч тыпырлы Бийче шакъа орунну Гургунчукъгъа быргъады.

Шакъа орун Гургунчукъну башына тийди, шакъасы бетине

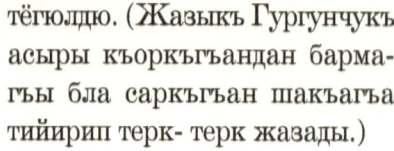

тёгюлдю. (Жазыкъ Гургунчукъ асыры къоркъгъандан бармагъы бла саркъгъан шакъагъа тийирип терк- терк жазады.)

«Кесигиз башын!» къычырып буюрду Бийче, бармагъы бла Гургунчукъну кёргюзте.

«Башын кесерча, Гургунчукъну не терслиги барды? Къуйругъундан бир кесекчик кесейик!» деди Патчах.

«Хау!» деди Бийче, бармагъы бла биягъы Гургунчукъну кёргюзте, къычырды: «Боюнуна жеттен жерден!»

«А-а, ангылайма,» деди Патчах, «сен башланы сагъыш этмей юздюртесе!» Ышарып тёгерекге къарады. Халкъ тынгылайды.

«Бу къаламбурду!» ачыуланып къычырды Патчах. Барысы да кюлдюле. «Тёречиле этсинле Трам Уланны оноуун,» жыйырманчы кере буюрду Патчах.

«Угъай!» деди Бийче. «Терсни-тюзню артда сюзербиз! Бусагъатда уа башын кесигиз!»

«Ол деген а неге ушайды?» деди Алиса масхарап, «эсигизге да къалай тюшдю: "Бусагъатда башын кесип, терсни-тюзню уа артда сюзерге!"»

«Ауузунгу жап!» деп къычырды къутургъан Бийче.

«Ачыу-ачыу, жапмайма!» деди Алиса.

«Баш токъмагъын чартлатыгъыз!» шытылары чачыла къычырды Бийче. Жеринден киши тепмеди.

«Сизден ким къоркъарыкъды, кёзюр ойнагъан карталадан?» деди алгъыннгы кебине келген Алиса, «атагъызгъа голия!»

Алайда картала барысы да хауагъа кётюрюлюп Алисаны бетине къуюлдула. Алиса жарты-къурту уянып, жарты-къурту къоркъуп, къолчукълары бла кеси кесин «карталадан» къоруулай тургъанынлай жукъусундан аязады. Суу боюнунда жукълагъаны эсине тюшеди. Башы – эгечини тобукъларында, эгечи да Алисаны бетине ол сагъатда терекден тюшген къургъакъ чапыракъланы кетере:

«Алиса, жаным, уяндынгмы?» деди эгечи, «не къадар жукъладынг!»

«Мен бир сейир-тамаша тюш кёрдюм да!» деди да Алиса, сен бу китапда окъугъан къужур хапарланы аллындан башлап ахырына дери эгечине айтды. Тюшюн айтып боша-гъанында эгечи уппа этди да: «Сен батырчыкъ ач болурса, чап, чайынгы сууутмай ич!» Алиса секирип туруп чабып кетди. Кёрген тюшюню къужур дуниясын тюнюнде унуталмай бара эди.

*

Эгечи уа суу боюнунда олтуруп къалады, бата баргъан кюннге къарайды, жибек чачын тарайды. Алисачыкъны сейирлик тюшлерини сагъышын эте, кеси да „теке къал-къыуда" уюду. Жукъу арасында Алисаны кёреди, къонгуроучукъ зынгырдагъан ауазчыгъын эшитеди.

Биринчи Алисаны кёреди – бияыгъы гитче къолчукъла тобукъларын къучакълайдыла, бияыгъы анга тюбюнден ёрге уллу жылтырауукъ кёзле къарайдыла; ол Алисаны ауазын эшитеди, мангылайындан кёзлерине кирип туруучу чачын кетереме деп, башын чайкъагъанын кёреди. Тынгылайды: тёгерек жашнайды, Алиса тюшюнде кёрген сейирлик затла тёгерегин алгъанча кёрюнеди.

Акъ Къоян къалын хансны жырып кетеди; суу чыччан-чыкъ алайда кёлчюкню толкъунчукъларын кётюре юркеди; сауут зынгырдагъан таууш эшитиледи – Къолан-Къоян шуёхларына чай ичиреди; Бийчени ачы къычырыгъы: «Башын чартлатыгъыз аны!» Бияыгъы Герцогиняны тобукъ-ларында биаяыгъы къагъанакъ гизи чючкюреди, тёгерегинде уа – къашыкъ-чолпу, аякъ-табакъ, сызгъыргъан тауш эте, учадыла; хауада – Арслан-Къушну къанат тауушу, гыйы ташда къара ташны тырнагъан таууушу; Танабаш Таш Макъаны узакъда сарнагъаны...

Ма алай олтура, эки кёзюн ачаргъа базынмай, кеси кесин Алисаны Къужур Дуниясында сундурады; ол уста биле эди – кёзлерин ачханынлай хар не да кесини сырына-ызына къайтырыгъын: желчик къакъгъанлай – кёлчюкню тол-къунчукълары бир-бирин къууарла, къамишни къымыл-датыр-тепчитир; саууутланы зынгырдагъаны – мирчи боюнунда къонгуроучукъ; Бийчени къычырыгъы – сюрюу-чюню хайыуанлагъа хахайы; къагъанакъны жилягъаны бла Арслан-Къушну къычыргъаны – ыстауатны даууру; Танабаш Таш Макъаны инжигени – ийнекни бузоууна ынгырдауу.

Алай бла, сагъышлары бири бирини аллында чаба-жорта барып, биягъы Алисачыкъны сыфатына къайтады: гитче эгешчиги къалай ёсерик болур? Абадан болса да, сабий жюрекчигини халаллыгъы таркъаймаз! Тёгерегине туугъанларын-туудукъларын жыяр, аланы шуёхчукълары да басынырла. *Аланы* кёзчюклерин Алисаны тамаша жомакълары жылтыратырла. Сабийликде жай кюнлерини къууатын-къууанчын эсгере, къартлыгъында гыгачыкъланы кокачыкъларындан тутуп, «Къужур Дуниясына» элтип къайтара турур.

SOURCES

Alice's Adventures in Wonderland: The Evertype definitive edition,
by Lewis Carroll, 2016

Alice's Adventures in Wonderland, illus. June Lornie, 2013

Alice's Adventures in Wonderland, illus. Mathew Staunton, 2015

Alice's Adventures in Wonderland, illus. Harry Furniss, 2016

Alice's Adventures in Wonderland, illus. J. Michael Rolen, 2017

Through the Looking-Glass and What Alice Found There,
by Lewis Carroll, 2009

The Nursery "Alice", by Lewis Carroll, 2015

Alice's Adventures under Ground, by Lewis Carroll, 2009

The Hunting of the Snark, by Lewis Carroll, 2010

SEQUELS

A New Alice in the Old Wonderland, by Anna Matlack Richards, 2009

New Adventures of Alice, by John Rae, 2010

Alice Through the Needle's Eye, by Gilbert Adair, 2012

Wonderland Revisited and the Games Alice Played There,
by Keith Sheppard, 2009

Alice and the Boy who Slew the Jabberwock,
by Allan William Parkes, 2016

SPELLING

Alice's Adventures in Wonderland,
Retold in words of one Syllable by Mrs J. C. Gorham, 2010

𐐗𐑊𐐮𐑅'𐑆 𐐗𐐼𐐬𐑌𐐲𐑉𐑊𐑆 𐐮𐑌 𐐎𐐲𐑌𐐼𐐲𐑉𐑊𐐰𐑌𐐼 (Alis'z Advenchurz in
Wundurland), *Alice* printed in the Deseret Alphabet, 2014

𐐜 𐐆𐐲𐑌𐐻𐐮𐑍 𐐲𐑂 𐐼 𐐝𐑌𐐪𐑉𐐿 (Dh Hunting uv dh Snark),
The Hunting of the Snark printed in the Deseret Alphabet, 2016

Ldo ɤ ႡqⴍⴕH-Ⴔɾⴑⴑ ⴑ⅄ꜰ Ψⴍⴕⴑ Ⴟɾⴑⴑ Ⴔⴍⴑꜰ Ⴤⴑⴓ
(Thru dh Lüking-Glas and Hwut Alis Fawnd Dher),
Looking-Glass printed in the Deseret Alphabet, 2016

Alice's Adventures in Wonderland,
Alice printed in Dyslexic-Friendly fonts, 2015

ᐱ₋ᕵᕐᕐᒪᒍ ᐱᒍ∕ᕮᒐᒐᒐ ᒍᕒᕮᕐ ᒐᒐᐱ ᒍ∖ ᕐ₋ᕮᐱᕐ ∖∕ᕋᒐᒐᒍᕮᕒ₋ᐱᒐᒐᒍ, *Alice*
printed in a font that simulates Dyslexia, 2015

ᕿᏝ ⴕᏝᕵᏝ⑂ Υ ᕿᏝᕖᕾᏝᕖᕿ ꞀᎻᏝ⑂ ᕿᕿ ꞀᕿꞀᏝᕾᏝᏝᏝ ᕿᕿꞀ ('Ælɪsεz
Ædvεntʃuɪz ɪn Wɪnduɪlænd), *Alice* printed in the Ewellic Alphabet, 2013

'Ælɪsɪz Əd'ventʃəz ɪn 'Wʌndə,lænd,
Alice printed in the International Phonetic Alphabet, 2014

Alis'z Advněrz ɪn Wundland, *Alice* printed in the Ñspel orthography, 2015

˙⌐∟∟ᒪ⌐⊓r ˙⌐⊃˸⌐⊓⊓˹˹⊓⌐r ⸸⊔ ⸸⊃⊔⊓⌐⊓∟˙⊔⊓,
Alice printed in the Nyctographic Square Alphabet, 2011

Alice's Adventures in Wonderland,
Alice printed in Pitman New Era Shorthand, 2018

Alice's Adventures in Wonderland, *Alice* printed in QR Codes, 2018

ᴊcɪˢ'ɪ̣ ᴘ̣ɥɹɪ̣ᴌʋᴐʇ ɪɪ ˙ɟᴉᴌᴐᴄᴊᴀ̣ (Alɪs'əz ədventjuɪrz ɪn Wʌndərlænd),
Alice printed in the Shaw Alphabet, 2013

ALISIZ ADVENꞫᴣRZ IN WUNDᴙLAND,
Alice printed in the Unifon Alphabet, 2014

ꓭᒪXᗅꟼᏐᕼᔅꟼᏐᕼ꒰ ꟸᏐᕼᒪꟼᏐꟼꓯꟸ⅄ ꓭᕼᏐꟼᕮꓷᕼᏐꟼⴑᐱХꟼᕮ (Aliz kalandjai Csodaországban),
The Hungarian *Alice* printed in Old Hungarian script, tr. Anikó Szilágyi, 2016

SCHOLARSHIP

Reflecting on Alice: A Textual Commentary
on *Through the Looking-Glass*, by Selwyn Goodacre, 2016

Elucidating Alice: A Textual Commentary on *Alice's Adventures in
Wonderland*, by Selwyn Goodacre, 2015

Behind the Looking-Glass: Reflections on the Myth
of Lewis Carroll, by Sherry L. Ackerman, 2012

Selections from the Lewis Carroll Collection
of Victoria J. Sewell, compiled by Byron W. Sewell, 2014

SOCIAL COMMENTARY

Clara in Blunderland, by Caroline Lewis, 2010

Lost in Blunderland: The further adventures of Clara,
by Caroline Lewis, 2010

John Bull's Adventures in the Fiscal Wonderland, by Charles Geake, 2010

The Westminster Alice, by H. H. Munro (Saki), 2017

Alice in Blunderland: An Iridescent Dream,
by John Kendrick Bangs, 2010

SIMULATIONS

Davy and the Goblin, by Charles Edward Carryl, 2010

The Admiral's Caravan, by Charles Edward Carryl, 2010

Gladys in Grammarland, by Audrey Mayhew Allen, 2010

Alice's Adventures in Pictureland, by Florence Adèle Evans, 2011

Folly in Fairyland, by Carolyn Wells, 2016

Rollo in Emblemland, by J. K. Bangs & C. R. Macauley, 2010

Phyllis in Piskie-land, by J. Henry Harris, 2012

Alice in Beeland, by Lillian Elizabeth Roy, 2012

Eileen's Adventures in Wordland, by Zillah K. Macdonald, 2010

Alice and the Time Machine, by Victor Fet, 2016

Алиса и Машина Времени (Alisa i Mashina Vremeni),
Alice and the Time Machine in Russian, tr. Victor Fet, 2016

SEWELLIANA

Sun-hee's Adventures Under the Land of Morning Calm,
by Victoria J. Sewell & Byron W. Sewell, 2016

선희의 조용한 아침의 나라 모험기 (Seonhuiui Joyonghan Achim-
ui Nala Moheomgi), *Sun-hee* in Korean, tr. Miyeong Kang, 2018

Снаркаловы (Snarkalovy),
The Hunting of the Snark in Belarusian, tr. Max Ščur, forthcoming

Crystal's Adventures in A Cockney Wonderland,
Alice in Cockney Rhyming Slang, tr. Charlie Lovett, 2015

Aventurs Alys in Pow an Anethow,
Alice in Cornish, tr. Nicholas Williams, 2015

Alice's Ventures in Wunderland,
Alice in Cornu-English, tr. Alan M. Kent, 2015

Maries Hændelser i Vidunderlandet, *Alice* in Danish, tr. D.G., forthcoming

آلِس دَر سَرزَمینِ عَجایِب (Âlis dar Sarzamin-e Ajâyeb),
Alice in Dari, tr. Rahman Arman, 2015

Äventyrä Alice i Underlandä,
Alice in Elfdalian, tr. Inga-Britt Petersson, 2018

La Aventuroj de Alicio en Mirlando,
Alice in Esperanto, tr. E. L. Kearney (1910), 2009

La Aventuroj de Alico en Mirlando,
Alice in Esperanto, tr. Donald Broadribb, 2012

Trans la Spegulo kaj kion Alico trovis tie,
Looking-Glass in Esperanto, tr. Donald Broadribb, 2012

Les Aventures d'Alice au pays des merveilles,
Alice in French, tr. Henri Bué, 2015

Les Aventures d'Alice au pays des merveilles,
Alice in French, tr. Henri Bué, illus. Mathew Staunton, 2015

Alisanın Gezisi Şaşilacek Yerdä,
Alice in Gagauz, tr. Ilya Karaseni, forthcoming

ელისის თავგადასავალი საოცრებათა ქვეყანაში
(Elisis t'avgadasavali saoc'rebat'a k'veqanaši),
Alice in Georgian, tr. Giorgi Gokieli, 2016

Alice's Abenteuer im Wunderland,
Alice in German, tr. Antonie Zimmermann, 2010

Die Lissel ehr Erlebnisse im Wunnerland,
Alice in Palantine German, tr. Franz Schlosser, 2013

Der Alice ihre Obmteier im Wunderlaund,
Alice in Viennese German, tr. Hans Werner Sokop, 2012

Balþos Gadedeis Aþalhaidais in Sildaleikalanda,
Alice in Gothic, tr. David Alexander Carlton, 2015

Nā Hana Kupanaha a ʻĀleka ma ka ʻĀina Kamahaʻo,
Alice in Hawaiian, tr. R. Keao NeSmith, 2017

Ma Loko o ke Aniani Kū a me ka Mea i Loaʻa iā ʻĀleka
ma Laila, *Looking-Glass* in Hawaiian, tr. R. Keao NeSmith, 2017

Aliz kalandjai Csodaországban,
Alice in Hungarian, tr. Anikó Szilágyi, 2013

Ævintýri Lísu í Undralandi, *Alice* in Icelandic, tr. Þórarinn Eldjárn, 2013

Le Aventuras de Alice in le Pais del Meravilias,
Alice in Interlingua, tr. Rodrigo Guerra, 2018

Eachtra Eibhlíse i dTír na nIontas,
Alice in Irish, tr. Pádraig Ó Cadhla (1922), 2015

Eachtraí Eilíse i dTír na nIontas, *Alice* in Irish, tr. Nicholas Williams, 2007

Lastall den Scáthán agus a bhFuair Eilís Ann Roimpi,
Looking-Glass in Irish, tr. Nicholas Williams, 2009

Le Avventure di Alice nel Paese delle Meraviglie,
Alice in Italian, tr. Teodorico Pietrocòla Rossetti, 2010

Alis Advencha ina Wandalan,
Alice in Jamaican Creole, tr. Tamirand Nnena De Lisser, 2016

L's Aventuthes d'Alice en Êmèrvil'lie,
Alice in Jèrriais, tr. Geraint Williams, 2012

L'Travèrs du Mitheux et chein qu'Alice y dêmuchit,
Looking-Glass in Jèrriais, tr. Geraint Williams, 2012

Алисэ ТелъыджэщIым зэрышылар (Alisé Telʺydzhéshchḣym
zéryshyḣar), *Alice* in Kabardian, tr. Murat Bratov & Murat Temirov, 2019

Алиса Къужур Дунияны Къыдырады (Alisa Qujur Duniyanı
Qıdıradı), *Alice* in Karachay-Balkar, tr. Magomet Gekki, 2019

Элисэнің ғажайып елдегі басынан кешкендері (Älīsäniñ ğajayıp
eldegi basınan keşkenderi), *Alice* in Kazakh, tr. Fatima Moldashova, 2016

Алисаныҥ Хайхастар Чирiнзер чорығы (Alïsanıñ Hayhastar Çïrinzer çorığı), *Alice* in Khakas, tr. Maria Çertykova, 2017

Алисакӧд Шемӧсмуын лооāмторъяс (Alisaköd Šemösmuyn loömtor″ias), *Alice* in Komi-Zyrian, tr. Evgenii Tsypanov & Elena Eltsova, 2018

Алисанын Кызыктар Ӧлкӧсүндӧгү укмуштуу окуялары (Alïsanın Kızıktar Ölkösündögü ukmuştuu okuyaları), *Alice* in Kyrgyz, tr. Aida Egemberdieva, 2016

Las Aventuras de Alisia en el Paiz de las Maraviyas, *Alice* in Ladino, tr. Avner Perez, 2016

לאס אב׳יבנטוראס די אליסייה אין איל פאאיס די לאס מאראב׳ילייאס (Las Aventuras de Alisia en el Paiz de las Maraviyas), *Alice* in Ladino, tr. Avner Perez, 2016

Alisis pīdzeivuojumi Breinumu zemē, *Alice* in Latgalian, tr. Evika Muizniece, 2015

Alicia in Terrā Mīrābilī, *Alice* in Latin, tr. Clive Harcourt Carruthers, 2011

Alicia in Terrā Mīrābilī: Ēditiō Bilinguis Latīna et Anglica, *Alice* in Latin, bilingual edition, tr. Clive Harcourt Carruthers, 2018

Aliciae per Speculum Trānsitus (Quaeque Ibi Invēnit), *Looking-Glass* in Latin, tr. Clive Harcourt Carruthers, Forthcoming

Alisa-ney Aventuras in Divalanda, *Alice* in Lingua de Planeta (Lidepla), tr. Anastasia Lysenko & Dmitry Ivanov, 2014

La aventuras de Alisia en la pais de mervelias, *Alice* in Lingua Franca Nova, tr. Simon Davies, 2012

Alice ehr Eventüürn in't Wunnerland, *Alice* in Low German, tr. Reinhard F. Hahn, 2010

Contoyrtyssyn Ealish ayns Cheer ny Yindyssyn, *Alice* in Manx, tr. Brian Stowell, 2010

Ko Ngā Takahanga i a Ārihi i Te Ao Miharo, *Alice* in Māori, tr. Tom Roa, 2015

Dee Erläwnisse von Alice em Wundalaund, *Alice* in Mennonite Low German, tr. Jack Thiessen, 2012

Auanturiou adelis en Bro an Marthou, *Alice* in Middle Breton, tr. Herve Le Bihan & Herve Kerrain, Forthcoming

Охота на Снарка (Okhota na Snarka),
The Hunting of the Snark in Russian, tr. Victor Fet, 2016

Ia Aventures as Alice in Daumsenland,
Alice in Sambahsa, tr. Olivier Simon, 2013

Ocolo id Specule ed Quo Alice Trohv Ter,
Looking-Glass in Sambahsa, tr. Olivier Simon, 2016

ʻO Tāfaoga a ʻĀlise i le Nuʻu o Mea Ofoofogia,
Alice in Samoan, tr. Luafata Simanu-Klutz, 2013

Eachdraidh Ealasaid ann an Tir nan Iongantas,
Alice in Scottish Gaelic, tr. Moray Watson, 2012

Alice's Adventchers in Wunderland,
Alice in Scouse, tr. Marvin R. Sumner, 2015

Mbalango wa Alice eTikweni ra Swihlamariso,
Alice in Shangani, tr. Peniah Mabaso & Steyn Khesani Madlome, 2015

Ahlice's Aveenturs in Wunderlaant,
Alice in Border Scots, tr. Cameron Halfpenny, 2015

Alice's Mishanters in e Land o Farlies,
Alice in Caithness Scots, tr. Catherine Byrne, 2014

Alice's Adventirs in Wunnerlaun,
Alice in Glaswegian Scots, tr. Thomas Clark, 2014

Ailice's Anters in Ferlielann,
Alice in North-East Scots (Doric), tr. Derrick McClure, 2012

Alice's Adventirs in Wonderlaand,
Alice in Shetland Scots, tr. Laureen Johnson, 2012

Ailice's Àventurs in Wunnerland,
Alice in Southeast Central Scots, tr. Sandy Fleemin, 2011

Ailis's Anterins i the Laun o Ferlies,
Alice in Synthetic Scots, tr. Andrew McCallum, 2013

Alice's Carrànts in Wunnerlan,
Alice in Ulster Scots, tr. Anne Morrison-Smyth, 2013

Alison's Jants in Ferlieland,
Alice in West-Central Scots, tr. James Andrew Begg, 2014

Alice muNyika yeMashiripiti,
Alice in Shona, tr. Shumirai Nyota & Tsitsi Nyoni, 2015

Алисаның қайғаллығ Черинде полған чоруқтары (Alisaniñ qayğalliğ
Çerinde polğan çoruqtarı), *Alice* in Shor, tr. Liubov′ Arbaçakova, 2017

Alis bu Cëlmo dac Cojube w dat Tantelat,
Alice in Şurayt, tr. Jan Beṭ-Ṣawoce, 2015

Alisi Ndani ya Nchi ya Ajabu, *Alice* in Swahili, tr. Ida Hadjuvayanis, 2015

Alices Äventyr i Sagolandet, *Alice* in Swedish, tr. Emily Nonnen, 2010

'Alisi 'i he Fonua 'o e Fakaofo',
Alice in Tongan, tr. Siutāula Cocker & Telesia Kalavite, 2014

De Aventure Alisu in Mirviziländ,
Alice in Uropi, tr. Bertrand Carette & Joël Landais, 2018

Ventürs jiela Lälid in Stunalän, *Alice* in Volapük,
tr. Ralph Midgley, forthcoming

Lès-avîrètes da Alice ô payis dès mèrvèyes,
Alice in Walloon, tr. Jean-Luc Fauconnier, 2012

Lès paskéyes d'Alice è payis dès mèrvèyes,
Alice in Central Walloon, tr. Bernard Louis, 2017

Anturiaethau Alys yng Ngwlad Hud, *Alice* in Welsh, tr. Selyf Roberts, 2010

I Avventur de Alìs ind el Paes di Meravili,
Alice in Western Lombard, tr. GianPietro Gallinelli, 2015

U-Alisi Kwilizwe Lemimangaliso,
Alice in Xhosa, tr. Mhlobo Jadezweni, forthcoming

Di Avantures fun Alis in Vunderland,
Alice in Yiddish, tr. Joan Braman, 2015

Alises Avantures in Vunderland, *Alice* in Yiddish, tr. Adina Bar-El, 2018

אַליסעס אַװאַנטורעס אין װוּנדערלאַנד (Alises Avantures in Vunderland),
Alice in Yiddish, tr. Adina Bar-El, 2018

Insumansumane Zika-Alice,
Alice in Zimbabwean Ndebele, tr. Dion Nkomo, 2015

U-Alice Ezweni Lezimanga, *Alice* in Zulu, tr. Bhekinkosi Ntuli, 2014